香港粵語懶人包

張勵妍 著

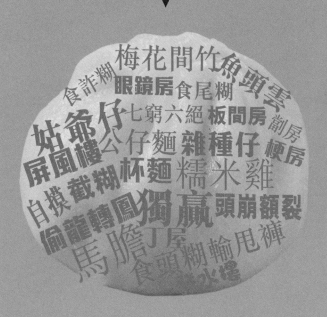

食詐糊 梅花間竹 魚頭雲 眼鏡房 食尾糊 姑爺仔 七窮六絕 板間房 劏房 屏風樓 公仔麵 雜種仔 梗房 自摸 截糊 杯麵 糯米雞 偷龍轉鳳 獨贏 頭崩額裂 馬膽 丁屋 食頭糊 輸甩褲 太子樓

www.cosmosbooks.com.hk

書　　名　香港粵語懶人包

編　　著　張勵妍

責任編輯　王穎嫻　郭坤輝

美術編輯　楊曉林

出　　版　天地圖書有限公司
　　　　　香港皇后大道東109 -115號
　　　　　智群商業中心15字樓（總寫字樓）
　　　　　電話：2528 3671　傳真：2865 2609

　　　　　香港灣仔莊士敦道30號地庫 ／ 1樓（門市部）
　　　　　電話：2865 0708　傳真：2861 1541

印　　刷　亨泰印刷有限公司
　　　　　柴灣利眾街德景工業大廈10字樓
　　　　　電話：2896 3687　傳真：2558 1902

發　　行　香港聯合書刊物流有限公司
　　　　　香港新界大埔汀麗路36號中華商務印刷大廈3字樓
　　　　　電話：2150 2100　傳真：2407 3062

出版日期　2019年7月初版 ·香港

前　言

　　在香港，人口的組成相當複雜，但 700 萬人當中，絕大多數人長期使用的交際語言是廣州話，大眾稱為粵語。

　　粵語的詞彙（排除與漢語共同部份）數量相當龐大，最近在香港出版的《粵語香港話大詞典》就收錄了 12,000 餘條。而粵語在香港的發展，因香港的特殊環境，又跟其他地區有所不同，產生一批帶有香港社區和文化特色的詞語。

　　本書名為《香港粵語懶人包》，編撰的目的，是通過介紹香港的常用粵語詞彙，讓讀者能縱觀香港地區社會生活和文化風俗特色。

　　就性質而言，本書可視為一本香港社區詞語的分類詞典。全書分為十八類，按香港社會生活的主要範疇，歸納詞語，如金融股票術語、賽馬術語、住屋、飲食、娛樂、幫會、警隊等用語。收錄的詞條中，很大一部份為香港特有的社區詞和慣用語，如：三粒星、官地、太平紳士、社工、燉冬菇、大狀、港女……還有一部份詞語，是保留在口語中的文言化詞語，如座駕、同儕、承你貴言、薪俸、開心見誠……它們在其他粵語地區可能已逐漸消失，而仍活躍於香港粵語中，這些詞語，本書在最後一章「文言化用語」作出介紹。

　　本書收錄的詞語，雖然以專題作分類，卻仍以通用詞彙為主體，重點不在介紹專業用語。但常用的粵語詞當中，有部份由行業用語轉化而來，如賽馬術語「搶閘（先人一步）」，賭博術語「晒冷（孤注一擲）」等，都已在一般場合通用，而超越了專用語範圍。收錄這些詞語，能讓人了解詞彙的來源，呈現詞彙發展的軌跡。

　　本書所收詞語，在釋義以外，還着重介紹相關的社會文化知識、詞源背景等，例如「三級片」的級別劃分、「河粉」名稱的來源等。

　　本書的收詞和注釋，主要依據最近出版的《香港粵語大詞典》，

該詞典收詞量豐富，涵蓋不同時期，本書摘選部份，聚焦於香港社會生活和文化，作補充和整理，以專題分類編排，並對相關的知識加以延伸講解，讓讀者更易於了解。另外，作為分類詞典，本書也望能成為一本活潑而實用的工具書，幫助讀者認識和學習粵語。

編輯説明

1、本書收錄的詞語，按其使用範圍或性質分為十八類，分十八章列出。全書共收詞條約 1000 條。

2、各章所收詞條，按需要再分小類，如「飲食」一章中，有食品類，之下再細分「點心、小食」、「甜食、飲料」、「醬料」 等。

3、內文各類詞條按內容順序排列，詞語後為解釋部份，包括釋義、讀音説明、舉例，如需要擴展解釋或引介相關詞語，會在後面加括號以楷書字體作補充説明。如：

太　　太太的簡稱，變調為 taai²*。用於丈夫姓氏之後以稱呼其妻子；有時也可用在職稱之後以指稱其妻子。如：張太、校長太。(也可放在「阿」字後，「阿太」指結了婚的女人。)

4、本書除了給詞條作解釋，也着重對詞語的相關知識、詞源背景、地域風俗文化等的介紹，一般在章節標題或小類後作出説明，同時，設計有「資訊窗口」，進一步闡述與詞語相關的資訊，例如：在「住房」類，介紹老式樓房中板間房和頭房、尾房等結構特色；在「老竇」一詞後，補充説明「竇」源於人名「竇燕山」。

5、本書的粵語注音，採用 1992 年香港教育署語文教育學院中文系編訂的《常用字廣州話讀音表》所使用的粵音系統。讀音如為變調，按實際口語音注音後加「*」註明，如「二奶」的「奶」讀變調，注音為 naai¹*。

6、部份來自外語的詞語而沒有漢字形式的，直接以原文寫產出，再標出粵語讀音，如「pass（放棄叫牌）」，註明讀作 pa¹ si⁴。有音無字的口語詞語用方框「□」表示。

7、本書的附錄有兩個，包括「粵語拼音方案對照表」 及「詞語總匯」。

總　目

本書所用粵語拼音系統

（據香港教育署語文教育學院中文系編 1992 年《常用字廣州話讀音表》）

一、聲母

b	巴	p	爬	m	媽	f	花
d	打	t	他	n	那	l	啦
dz	渣	ts	叉	s	沙	j	也
g	加	k	卡	ng	牙	h	蝦
gw	瓜	kw	誇	w	蛙		

二、韻母

a	阿	aai	唉	aau	坳	aam	三	aan	翻	aang	盲	aap	鴨	aat	壓	aak	額
		ai	哎	au	歐	am	暗	an	分	ang	盟	ap	急	at	不	ak	厄
e	爹	ei	你	(eu)		(em)		(en)		eng	贏	(ep)		(et)		ek	尺
oe	靴	oey	居					oen	津	oeng	香			oet	出	oek	腳
o	柯	oi	愛	ou	澳			on	安	ong	昂	(op)		ot	喝	ok	惡
i	衣			iu	腰	im	嚴	in	煙	ing	影	ip	業	it	熱	ik	益
u	污	ui	回					un	換	ung	空			ut	活	uk	屋
y	魚							yn	冤					yt	月		

鼻韻　m 唔 ng 五

三、聲調

調類	調號	例字	注音
陰平	1	分	fan^1
陰上	2	粉	fan^2
陰去	3	訓	fan^3
陽平	4	焚	fan^4
陽上	5	憤	fan^5
陽去	6	份	fan^6
陰入	7	忽	fat^7
中入	8	發	$faat^8$
陽入	9	佛	fat^9

（一）稱謂

廣東人對人的稱呼，很多都有自己獨特的用語，慣用的前綴有「阿」、後綴有「仔、女、婆、佬、妹」等。

對親屬的稱呼

對親屬的稱呼，按父母、夫妻、兄弟姊妹、子女等，分別舉例如下。有時同一對象，因不同時代、場合、家庭背景等，叫法會有所不同：

（1）對父母

- **阿爸**　父親；爸爸。「爸」變調為 ba^4*。

- **阿媽**　母親；媽媽。

- **老竇（豆）**　對父親的通俗叫法。

- **老母**　對母親較通俗的叫法（用作引稱）。「母」變調為 mou^2*。

- **老頭子、老媽子**　對上了年歲的父母親的通俗叫法（通常用作引稱）。

- **爹哋、媽咪**　爸爸、媽媽（可用作對稱、引稱，多用於較年輕的父母）。這是英語 daddy 和 mammy 的音譯詞。

- **媽打**　媽媽（常用於戲稱）。這是英語 mother 的音譯詞。

- **大媽、細姐**　舊時多妻制家庭中庶出的子女對父親的正式夫人稱「大媽」；而對庶母則稱「細姐」。

> 「竇」指竇燕山。《三字經》提到竇燕山是模範的父親，教子有方，五個兒子都有學問，名揚天下。廣東人就用老竇作為父親的代名詞。後來「老竇」又訛為「老豆」。

（2）對丈夫或妻子

- **老公、老婆**　丈夫、妻子（一般用作引稱，但近年也有用作對稱以表示親暱的）。

- **老婆仔**　對年輕妻子的暱稱。

- **太座**　尊夫人。（現少用，僅作他稱，或作為詼諧用語。）

- **煮飯婆**　對太太的一種較通俗叫法。「婆」變調為 po²*。

- **黃面婆**　黃臉婆（男性對自己妻子的蔑稱，僅用作他稱）。

- **太**　太太的簡稱，變調為 taai²*。用於丈夫姓氏之後以稱呼其妻子；有時也可用在職稱之後以指稱其妻子。如：張太、校長太。（也可放在「阿」字後，「阿太」指結了婚的女人。）

- **二奶、阿二**　「奶」變調為 naai¹*；「阿二」變調為 a³ ji²*。① 小老婆；姨太太。② 舊時指妾侍。

  > 衍生的詞語有：包二奶、二奶村、二奶仔、二奶命；阿二靚湯。

- **阿大**　正妻。與「阿二」相對。「大」變調為 daai²*。

（3）對兄弟姊妹

- **阿哥 / 大佬**　哥哥、大哥。

- **細佬**　弟弟（多用作引稱）

- **家姐**　親姐姐（多用以稱長姐）。

- **阿妹 / 細妹**　妹妹（「細妹」用作引稱）。

（4）對子女

- **仔、女**　兒子、女兒。（對較年幼的子女有時也稱「仔仔（dzai⁴* dzai²）」、「女女（noey⁴* noey²*）」。）

- **阿仔、阿女**　兒子、女兒（用於對稱）。

- **仔女** 子女；孩子。如：我有兩個仔女。
- **阿孻** 對最小的孩子的愛稱。（對長子則稱「阿大 daai²*」。）
- **細佬哥** 子女；孩子。（此為舊時慣用叫法，也常稱作「細路」）。如：你有幾個細佬哥 / 細路？

近年常見以「小朋友」一詞指代子女（孩子）的說法，如：我哋唔會一結婚就生小朋友。

- **啤啤** 又寫作「BB」，也可簡作「B」。嬰兒；較小的小孩。也常用於指初生的孩子，意近「寶寶」。這是英語 baby 的音譯。亦作「啤啤仔」。
- **化骨龍** 舊時戲謔之語，指依賴父母供養的兒女。如：捱大呢三條化骨龍唔容易。

廣東民間傳說一種比目魚中隱藏着化骨龍這種精怪，吃了這種魚的人則會連骨頭都被銷毀無存。故以此來比喻消耗供養者精力血汗的人。

- **死仔包、死女包** 臭小子、死丫頭片子（罵小孩子用語）。

對不同輩份或身份的人的稱呼

- **阿爺** ① 對祖父的稱呼，即爺爺。② 引指公家、官方、中央政府。
- **阿嫲** 對祖母的稱呼，即奶奶。
- **阿公、阿婆** ① 對外公、外婆的稱呼，即姥爺、姥姥。（也稱「公公、婆婆」、「公公」變調作 gung⁴* gung¹）。② 對一般老年男子和婦女的稱呼，意近「老大爺、大媽」。

對老年人也常以「公公、婆婆」稱呼。普通話用「公公、婆婆」稱呼丈夫的父母，粵語則稱「家公、家婆」或「老爺、奶奶 (naai⁴* naai²*)」。

- **阿伯** ① 對伯父的稱呼。② 對一般老年男子的稱呼，也作「阿公」。

以「阿公」稱呼老年人一般有尊稱的意味，而「阿伯」則更為人普遍使用。（用「伯」字無形中降低了輩份，與相對的「阿婆」變得不對稱。）

- **阿叔** ① 對叔父的稱呼。② 對一般中年男子的稱呼。意近「大叔」。

- **阿姐** 「姐」變調作 dze^1*。① 對一般年輕女子的稱呼。② 走紅的、資歷深的影視女明星。

- **阿姑** ① 姑姑；姑媽。② 對一般中年女子的稱呼。意近「阿姨」。

- **阿嫲** ① 嫲嫲；嫲子；嫲母。② 對一般年長婦女的稱呼。③ 泛指從事清潔衛生等工作的婦女。

- **阿嬋** 即「阿嫲」，「嬋」為「嫲」的變音。對中年婦女的稱呼，意近「大媽」，但帶輕蔑語氣。

- **哥哥仔** 兄弟；小兄弟。又作「哥仔」。這是對比自己年輕又不熟悉者的客氣稱呼。

- **姐姐仔** 「姐姐」變調作 dze^4* dze^1*。用以稱呼女孩子。（舊時多稱「大姐仔」。對小女孩還可稱「妹釘、妹豬、妹頭」。）

- **前度** 源自英語 Ex。以前的男朋友或女朋友。

- **阿頭** 主管；上司；領導；頭兒。又作「阿 head」。

- **阿四** 舊時女傭人的常見名字，借指傭人。

「阿姐」的使用範圍近年有所轉移，可用作稱呼年齡較大的女性；從事辦公室服務工作（如清潔衛生、茶水）的婦女，也泛稱「阿姐」（姐也可作 dze^4 音）。而年輕女性通常稱「小姐」或「姐姐 dze^4 dze^1」。

現稱呼年輕女子也用「姐姐仔」，或簡作「姐（dze^1*）仔」。其他稱呼還有「妹妹（mui^4* mui^1*）仔」、「嚜妹（mui^1*）仔」。

對外國人的稱呼

對外國人的通稱，最常見的是用「鬼」以及與「鬼」相關的叫法，一般略含貶義。此外，也有較中性的叫法：

- **鬼**　外國的；外國人。如：鬼佬（洋人）、鬼仔（外國男孩）、鬼妹（外國女孩）、鬼婆（外國婦女）；又可加在國家名稱後面表示某國人，如：法國鬼、美國鬼。（獨立使用的情況也有，如：公司高層全部都係鬼。）

- **鬼佬**　又作「番鬼佬」，多指西洋人。若專指國家，可說「美國佬」、「英國佬」等。「鬼佬」有時也稱「鬼頭」。

- **紅毛鬼**　對西洋人的蔑稱。因有些西方人頭髮顏色偏棕紅色，故稱。

- **西人**　特指西洋人；歐美的白種人。

「鬼佬」和「鬼×」等詞的貶義今逐漸消失，作為背稱，已無不敬之意。然正式場合，則多用「外籍人士」。

由「鬼佬」引出的詞語有：「鬼佬涼茶」（指「啤酒」，取其去熱解渴的特點）；和歇後語「鬼佬月餅——悶極」（取英語 moon cake 的粵語諧音）。

舊時又把從外國進口的水泥稱為「紅毛泥」，或「英泥」。

對各國人的不同指稱

- **英國佬**　英國人；英國男人。（以「國家＋佬」的形式指稱不同國家的人。）

- **日本仔**　小日本；日本鬼子。帶輕蔑意。帶貶義的還有「蘿蔔頭」。

- **㗎仔**　日本人；日本男子。帶貶義。「㗎」音 ga⁴，通用於指與日本有關的人或事物，如：㗎妹（日本女孩）、㗎佬（日本佬）、㗎文（日文）。

- **嚤囉差**　原指上世紀三四十年代港英當局僱用的印度、巴基斯坦裔警察。「嚤囉」為印巴語音譯詞，指錫克教徒用以包裹頭

髮的布條;「差」音 tsa[1]，指「差人（即警察）」。稱呼略含貶義，引申以泛指印巴籍男子，又作「阿差（tsa[1]）」。

- **賓妹**　在香港當家庭傭工的菲律賓青年女子。又稱「菲傭」。

（二）　飲食

在香港，人們日常的飲食習慣除了保留廣東人的傳統風俗之外，還發展出香港本地的特色，有獨特的飲食類型、行業用語以至地方食品等。以下分別介紹各類常用的詞彙：

飲食類型及場所

- **食肆**　飲食店、餐館的雅稱。如：酒樓食肆。

- **茶樓**　供顧客茗茶，並供應早、中、晚餐的粵式茶館，今多稱為「酒樓」。廣東的茶樓與其他地方的茶館只供茶客喝茶、吃點心不同。

- **飲茶**　到酒樓茶館去喝茶、吃點心。

- **一盅兩件**　一杯茶，兩三樣茶點。這是粵式茶樓的顧客「飲茶」時消費的常態。

- **大牌檔**　設在路邊專門供應粥粉麵食、茶水點心及小菜的食肆。廚房多用鐵皮及木板蓋成，座位則設在路邊，只在營業時才擺放出來。這些食肆都要領有牌照（政府批准營業的證件），牌照須在當眼處張貼出來，故稱大牌檔。（現常被寫作大排檔）

- **茶餐廳**　一種大眾化的港式餐館，通常供應較廉價的西餐及中式飯菜。

- **碟頭飯**　蓋澆飯；蓋飯（盛在盤中有飯、菜等的快餐式份飯）。「頭」變調為 tau^2*。

- **豉油西餐**　①港式西餐廳。②港式西餐廳供應的西餐。主菜以醬油（豉油）作調味料，故稱。

- **扒房**　以豬排、牛排等食品為主的西餐廳。

- **搭枱**　在飯店、餐廳吃飯時與其他顧客共用同一張餐桌。

- **打邊爐**　①吃火鍋；涮鍋子。②比喻一班人圍着垃圾桶吸煙。（因室內禁煙致使人們到路邊吸煙的現象。）

- **鋸扒**　指用刀叉吃牛扒、豬扒等，引指吃西餐。

- **布菲**　自助餐。這是英語 buffet 的音譯詞，讀作 bou⁶ fei¹。

- **放題**　源自日語，意思為自由地、無限制地。特指日本餐廳讓顧客任意自選食物的一種售賣模式。如：日式放題 100 元任食。

- **燒烤**　烤東西吃，又作「BBQ」（英語 barbecue 的縮寫），特指到野外自己烤東西吃。

- **食齋**　①吃素（跟「吃葷」相對）。如：年初一食齋。②吃素菜。如：今晚去素菜館食齋。

- **下午茶**　下午約三點到四點半左右工間休息時喝茶吃點心。這是香港受到英式生活習慣影響而形成的一種習俗。

- **宵（消）夜**　「夜」變調為 je²*。①吃夜宵。②夜宵（作名詞用），如：煮宵夜。

「豉油西餐」常見的菜式：前菜是黃油（牛油）麵包和餐湯，餐湯有紅湯（羅宋湯）和白湯（忌廉湯）兩種選擇；主菜為牛排（牛扒）或豬排（豬扒）或雞肉等各種肉類（雜扒），配以白飯或意大利麵條（意粉）或薯條；餐飲為咖啡或奶茶或檸檬茶；如有甜品，一般為冰淇淋或果凍。

「放題」有時還指其他可任意選擇的事物，如：閱讀放題（可隨意閱讀）。

英國人傳統的下午茶時間是三四點，香港目前茶樓和茶餐廳等食肆一般在兩點到四點定為下午茶時間。在建築裝修行業及「寫字樓」，有下午茶的習慣，時間在三點十五分，故「三點三」成為下午茶的別稱。

- **飲**　出席宴會。如：今晚有得飲（今晚要出席宴會）、請飲（宴請）。

- **鵲（雀）局**　麻將牌局。（宴會開始前通常都有麻將牌局，供早到的賓客消遣耍樂。）

- **住家飯**　在家自己弄的一頓飯。（相對在外面吃飯，在家裏吃飯稱為「食住家飯」。）

- **飯盒**　盒飯。

- **叮飯**　把預先弄好的一份飯放在微波爐裏加熱。微波爐在預定加熱時間已到時會發出「叮」的一聲，故以「叮」表示用微波爐加熱。（上班人士中午在辦公室「叮飯」的情況很普遍。）

> 衍生的詞語有：去飲、飲衫、飲歌。「去飲」通常要「做人情」，即給辦喜事請客的主人家送賀禮，以現金作賀禮的話，一般會用在銀行購買的「禮券」代替。

飲食行業用語

- **外賣**　指顧客不在餐廳、飯店吃喝，而是買了酒菜打包帶走。

- **堂食**　又稱「堂吃」。指買了食物就在店內吃，與「外賣」相對。

- **例牌**　一般慣例大小的份量（指餐廳的菜餚）。「牌」變調為 paai²*。

- **半賣**　半份（專指炒粉、麵，比一般慣例的份量減半）。

- **例湯**　原指飯店供應的以豬肉為主要材料的湯，後來泛指餐館中每天供應的預定的湯。

- **窩**　量詞。大碗，與「碗（小碗）」相對。如：一窩肉絲湯麵。（用大碗上的麵條和米粉稱「窩麵」、「窩米」。）

- **起菜**　將菜餚端到餐桌上；上菜。

- **大蓉、細蓉**　廣東雲吞（餛飩）麵在行內稱「蓉」，按照份量分為大、中、小，大碗稱「大蓉」，有雲吞八顆。小碗稱「細蓉」，有雲吞四顆。「蓉」變調為 jung²*。

> 「蓉」典出白居易《長恨歌》中的詩句「芙蓉如面」（以其中的「面」指代「麵」）。

- **香片**　即花茶；茉莉花茶。這是粵式茶樓供應的常見茶品之一。

- **靚仔**　指白飯。

- **油菜**　煮熟的青菜，上菜時澆上「蠔油（用牡蠣製成的一種粵式調味醬油）」，故稱油菜。

- **炕底**　「炕」即「烤」。用烤麵包製三明治，稱為「炕底」，如：蛋治要炕底。

- **加底**　蓋澆飯等中式快餐食品中，上面的肉、菜稱為「面」，而下面的主食如米飯、麵條等稱為「底」，加底指增加「底」的份量。

- **炒底**　用炒飯作為蓋澆飯的「底」。

- **少甜**　少放糖。（食物裏減少某種調料的份量，泛稱「少」，如：少油、少鹽、少辣。）

- **走糖**　不加糖。（食物裏不添加某種調料或配料，泛稱「走」，如：走青（不放蔥）、走色（不放醬油）、走糖走奶。）

- **飛砂走奶**　（咖啡）不放糖和奶。「砂」即砂糖，「飛」和「走」即不添加。又可稱「走糖走奶」。

- **茶走**　奶茶不放糖和奶（淡奶），改為加「煉奶」。（咖啡、阿華田等若改為加煉奶，則稱「啡走」、「華田走」等。）

茶樓的常見茶品還有：普洱、菊普（加菊花的普洱茶）、鐵觀音、烏龍、壽眉（一種福建白茶）等。

油菜是菜館和茶餐廳等常見菜式，材料是時令蔬菜（又稱時菜），種類不限，烹調的方法是用燒開的水或湯煮（粵語稱「焯」），上菜時在碟子上一根根排好，最後澆上「蠔油」。

食品

（1）粥粉麵飯

南方主食以米飯為主，粥和米粉、麵食也十分普遍，香港人習慣合稱為「粥粉麵飯」，是酒樓和平民菜館的常見食品。有關的詞彙舉例如下：

- **白粥**　不加配料的粥。又稱「米王」。
  （廣東的白粥熬製時或會加白果、乾瑤柱（乾貝）絲。）

  常見的粵式各類「生滾粥」有：艇仔粥、及第粥、豬紅粥、皮蛋瘦肉粥、鯪魚片粥等。

- **生滾粥**　在大鍋中舀出煮好的白粥用小鍋煮開，放入肉類、魚片、豬肝等材料，煮至僅熟，便可盛入碗中，食用時再加進薑絲和葱絲。

- **粥底**　用於製作粵式各類「生滾粥」的白粥。這種白粥是預先慢火熬製，有時還會加入上湯和配料（如腐竹、乾貝等）一起煮好備用。

- **粉**　① 粉末。如：粟米粉（玉米麵）、胡椒粉（胡椒麵兒）。② 米粉條；蒸米粉卷。如：炒粉（炒粉條）、腸粉（卷粉）。
  （米粉條又細分為米粉、河粉、瀨粉。）

- **米粉**　米粉絲。一種以大米為原料，經浸泡、蒸煮、壓條等工序製成的條狀、絲狀半成品。食用時可煮成米粉湯，亦可做成炒米粉。（有時可省作「米」，如：星洲炒米、肉絲炆米。）

- **河粉**　「沙河粉」的簡稱。一種用米漿蒸製的寬粉條。「河」變調為 ho^2*。（有時可省作「河」，如：乾炒牛河、魚片河。）

  沙河粉是廣州一帶傳統的大眾化食品，最早出自廣州市沙河鎮，因而得名。製法是用米漿蒸成薄粉皮，再切成寬條而成。

- **瀨粉**　米粉條的一種，類似廣西的「桂林米粉」或雲南的「過橋米線」，但較為粗大且顏色較透明。又稱「酹粉」。（有時可省作「瀨」，如：燒鵝瀨。）

- **伊麵**　伊府麵。用麵粉混合雞蛋或鴨蛋炸製而成，麵條很長，又叫長壽麵。食用時可煮成湯麵，亦可做成乾燒伊麵。

- **淨麵**　光麵；陽春麵。

- **撈麵**　拌麵。一般以「蠔油」作醬料，再加上青菜和牛腩食用。

- **煲仔飯**　砂鍋飯；用砂鍋煮的配上菜餚的飯。

（2）燒味、臘味、海味

- **燒臘**　燒烤、醃臘熟食。又作「燒味 mei²*」。

- **臘味**　臘肉、臘腸、臘鴨等臘製食品的總稱。「味」變調為 mei²*。

- **海味**　曬乾的海產類食品。「味」變調為 mei²*。

- **蠔豉**　煮熟後曬乾的牡蠣肉。「豉」變調為 si²*。

- **乾瑤柱**　乾貝，又作「江珧柱」。用海產扇貝的肉柱曬乾而成的食品原料，可以製作菜餚，亦可作為熬湯的原料之一。

- **鮑參翅肚**　原指鮑魚、海參、魚翅、魚肚等較為名貴的菜餚原料，引指用這些原料做成的名貴的菜餚。

> 常見的各類燒臘食品有：叉燒、燒肉、燒乳豬、燒鵝、燒鴨、白切雞、（豉）油雞、燒乳鴿。

（3）點心、小食

- **豬腸粉**　以米粉加水調漿後倒在平底盤中，加上葱花甚至肉末後蒸熟，再捲成豬腸般的圓條狀，淋上油、醬油後食用，是最為大眾化的粵式早餐食品。亦省稱為「腸粉」或「腸」。（省稱時「腸」變調為 tsoeng²*。）

- **油炸鬼**　油條。又稱「炸麵」。

> 有說「油炸鬼」原叫「油炸檜」，是民間為發洩對宋代奸相秦檜的憎恨創造的食品，油炸象徵地獄「落油鑊」的酷刑，由於是懲罰他們夫婦二人，因此食品由兩條粉團黏在一起炸成。

- **炸兩**　以「油炸鬼」和「豬腸粉」結合而成的一種特色小食。做法是將蒸熟的「豬腸粉」粉皮，包着單條的「油炸鬼」，然後切成小段，淋上油、醬油後食用。

- **碗仔翅**　仿魚翅湯羹。一種街頭小吃，材料以粉絲為主，加入芡粉煮成羹狀，再以浙醋、麻油、胡椒粉調味。因以小碗盛載，故稱。

- **魚蛋**　魚肉丸子。一種常見的街頭小吃，以長竹籤串起來售賣，一串四到五粒。

- **豬皮蘿蔔**　常見的街頭小吃。以經過煮和炸處理的豬皮和蘿蔔燉煮而成。

- **豬紅**　豬血。

> 「豬紅粥」是常見的粥品。「豬紅豬皮蘿蔔」是常見的街頭小吃。

- **牛雜**　牛腸、牛肚、牛肺之類的雜碎。粵港地區一種常見的風味小吃。做法是把材料跟牛骨放進大鍋中，加入陳皮、八角、桂皮、甘草等特別配料一起燉熬，然後逐塊夾起，用剪刀剪成小塊，加少許滷汁後可食用。

- **煎釀三寶**　常見的街頭小吃。做法是把鯪魚肉泥釀在切件的茄子、青椒和豆腐中煎成，因在煎釀食物裏這三種最受歡迎，故稱「三寶」。

- **煎堆**　一種油炸食品，以糯米粉作皮，以爆米花、瓜子、芝麻、糖或豆沙為餡，球狀。一般當春節時的應節食品。

- **皮蛋**　松花蛋，一種蛋製食品。

- **豬腳薑**　豬腳燉生薑，因用甜醋燉煮，又叫「薑醋」。廣東民俗婦女產後常以此作為滋補食品。

- **燒賣**　「乾蒸燒賣」的簡稱，用麵粉和小粒的豬肉、蝦肉、香菇做成，是粵式茶樓最普遍的點心之一。

> 粵式茶樓傳統的點心還有：蝦餃、叉燒包、蓮蓉包、鳳爪、山竹牛肉等。

- **魚頭雲**　粵式茶樓常見食品之一，又作「魚雲」。魚腦及魚頭內的白色螺旋紋狀的組織。

- **糯米雞**　粵式茶樓常見食品之一。用荷葉包裹着糯米，中間放雞肉（一般為雞翅膀）、鹹蛋黃、冬菇等蒸製而成。

- **公仔麵**　方便麵；速食麵。同「即食麵」。

> 「公仔麵」也是一種方便麵的品牌。另一個主要的品牌是「出前一丁」，也簡稱「一丁麵」。

- **杯麵**　裝在紙杯裏可以直接加開水沖泡的速食麵。

- **雲吞麵**　餛飩麵條湯（在麵條湯裏加上餛飩而成）。這是粵式麵食店最典型的食品之一。

- **缽仔糕**　一種用小碗蒸的麵製點心。

- **雞蛋仔**　一種香港傳統街頭小吃。以雞蛋、砂糖、麵粉攪成蛋漿，倒進兩塊特製的鐵模板中，在炭火上烤製而成。模板設計成蜂巢狀，烤成的「雞蛋仔」每次約20個，連在一起，稱為「一底」。

- **蛋卷（捲）**　又稱「雞蛋卷」、「蛋筒」。一種香脆的圓筒狀甜點，用雞蛋和麵粉烤製，呈金黃色。

- **蛋散**　排叉兒，一種麵製的油炸食品。

- **梘水粽**　一種粵式粽子，用鹼水和糯米做成，既不加糖又不加鹽，食用時再蘸以佐料調味。

- **鹹肉粽**　一種粵式粽子，用糯米、綠豆、肥肉、蛋黃等為餡，以竹葉包裹煮成。

- **裹蒸粽**　一種粵式粽子，用綠豆、豬肉或雞肉、栗子、蛋黃等為餡，以竹葉和荷葉包裹煮成，個兒較大。

- **西餅**　西式糕餅、點心（如蛋糕等）。

- **蛋撻**　一種西式甜點，形狀像小碟，內填一層由雞蛋、奶油等製成的餡。「撻」為英語的 tart 的音譯。（「撻」類的甜點還有椰絲餡的「椰撻」、水果餡的「果撻」、澳門著名的葡萄牙

式「葡撻」。)

- **方包**　白麵包；切片麵包。因形態為長條形，切片後呈方形，故稱。

- **排包**　一種較鬆軟的麵包，由多塊長條形麵團並排在模具裏烘焙而成，故稱。

- **菠蘿包**　一種甜麵包，是香港最普遍的傳統麵包之一。表層有脆皮，狀如菠蘿，故稱。(傳統的麵包還有：雞尾包、墨西哥包、豬仔包。)

> 在香港的茶餐廳或冰室都會售賣「菠蘿包」，更發展出新食品「菠蘿油」，做法是將菠蘿包橫向切開，夾一塊厚切的牛油（黃油）。這是早餐和下午茶餐的常見食品。

- **雞髀**　雞腿。

- **雞翼**　雞翅膀。

- **多士**　烤麵包片；麵包乾。這是英語 toast 的音譯詞。「多士」有時可省作「多」，如：油多（塗上黃油的多士）、奶醬多（塗上煉奶和花生醬的多士）、西多（法蘭西多士）。

- **西多士**　香港茶餐廳小食之一，傳說從法國傳入。全名「法蘭西多士」，簡稱「西多」。其做法通常是以多士的其中一面塗上花生醬，再把兩片多士夾在一起，蘸滿蛋漿後炸製而成。食用時蘸以牛油、糖漿。

---

(4) 甜食、飲料

- **糖水**　有湯的甜食，如：綠豆糖水、雪耳糖水。

- **紅豆沙、綠豆沙**　豆子經長時間煮爛後加糖做成的甜湯，稱為「豆沙」，常見的有「紅豆沙」和「綠豆沙」。豆子煮爛成稀粥狀，稱為「起沙」，故名。

- **豆腐花**　豆腐腦。

- **糖不甩**　一種甜食。用煮熟的糯米搓成一小團，然後拌白糖和粹花生一起吃。

- **糯米糍**　一種甜食。糯米粉做的糍粑。

- **涼粉**　一種消暑食品，以涼粉草（一種味道獨特的草藥）煮水，再加生粉煮熟後晾涼而成，顏色近於灰黑色。食用時通常淋以糖漿或加糖，加蜜。

- **益力多**　一種日本生產的活性乳酸菌飲品。這是日語ヤクルト的音譯，英語名稱為 Yakult。

- **維他奶**　香港一著名豆奶飲料品牌。英文名稱為 Vitasoy。

- **阿華田**　一種麥芽飲料的品牌。這是英語 Ovatine 的音譯。

- **檸茶、檸水、檸蜜**　檸檬茶、檸檬水、檸檬加蜜糖水。均為茶餐廳常見的飲品。

- **齋啡**　既不加糖也不加牛奶的咖啡。

- **鴛鴦**　咖啡與奶茶各半混成的飲品。

- **涼茶**　清涼去火的藥劑。（專門售賣涼茶的店舖稱「涼茶舖」。）

- **荷蘭水**　汽水的舊稱。因最早由荷蘭傳入，故稱。

> 維他奶為香港家喻戶曉的豆奶飲料，1940 年開始由香港荳奶有限公司在香港生產和銷售，現已成為國際品牌，由上市公司維他奶國際集團管理。

> 常見的廣東涼茶有：廿四味、王老吉、金銀花茶、五花茶、夏桑菊。

（5）醬料

- **喼汁**　一種辣醬油，味道酸甜微辣，色澤黑褐，最早用於西餐調味，現為粵式點心山竹牛肉球常用蘸料。

- **茄醬**　番茄醬。

> 最早的喼汁是 18 世紀中國南部沿海地區的一種調味料，由鮭魚加香料調製，味道似魚露，後傳至東南亞，馬來語譯為 kĕchap，後演變成英語 ketchup 或 catchup、catsup，材料亦有變化，加入番茄，成為番茄醬，粵語稱「茄汁」。

- **豉油**　醬油。（分「生抽」和「老抽」。「生抽」色較淡，味較鮮，用於烹調時調味和蘸食；「老抽」顏色較濃，但含鹽量較少，主要用於烹調時為食物上色。）

- **蠔油**　一種粵式調味品，以鮮牡蠣肉煮汁加調料製成。

- **芥辣**　芥末；芥末醬。

- **鹹蝦**　蝦醬。

烹飪術語

- **焗**　①烘焙；用烤爐烤。如：焗飯、焗麵包、芝士焗薯。②用蒸氣或熱氣使密封容器裏的食物變熟。如：鹽焗雞。

- **熠（煠）**　音 saap[9]。熬；煮（一般指加湯水後較長時間地或將食物整個地、大塊地煮）。

- **煏**　用猛火煮；烤。如：煏乾。

- **煲**　（用鍋）煮；熬。如：煲飯、煲湯、煲藥。

- **炆**　燜；燉。如：蘿蔔炆牛腩。

- **炕**　烘；烤。如：炕麵包（用麵包爐烤麵包）、炕乾（烘乾）。

- **飛水**　汆（將食物在開水中稍燙一會兒）。

- **乾炒**　用鑊（炒鍋）炒時只加各種調味品而不加或少加水。與加水較多的「濕炒」相對。如：乾炒牛河。

- **走油**　過油（魚、肉在烹調前用油略炸一下）。

- **起花**　在食品上刻花紋。

- **起骨**　剔去骨頭。如：將雞翼起骨。

- **起鑊**　上碟（把煮好的食物從鍋中裝到盤子裏去）。

- **鑊氣**　用大火且鍋中放較多油炒菜，菜炒好後散發出的濃烈的香味。

- **湯底**　烹調時用來做各種湯（或火鍋）的基礎；事先準備好的湯水，如高湯、牛肉湯等。

- **劏**　①殺；宰（動物）。如：劏雞、劏牛。②剖開；切開。如：劏魚。

（三）住屋

房屋類型

香港的房屋，根據不同性質進行歸類，有各種不同的類型，對房屋的這種種稱説的方式，也反映不同時期香港住屋的特色。

從建造的不同特點作區分，有以下這些類別：

- **唐樓** 特指中國式、傳統式樓房，通常為三、四層，沒有電梯，為香港早期住宅，多建於 1950 年代以前。一般也稱「舊樓」，與「洋樓」相對。

- **木屋** 特指以木頭、木板搭建的臨時性住房。一大片的木屋群稱為「木屋區」。（有些房屋以石頭或鐵皮搭建，則稱「石屋」、「鐵皮屋」。）

- **石屎樓** 用鋼筋水泥建成的樓房。

- **洋樓** 洋房，指獨立（單座）房子。又泛指有別於「唐樓」的西式樓房，一般指有電梯的大廈。1970 年代落成的大廈，很多都稱「×× 洋樓」。

- **村屋** 新界鄉間原住民居住的房屋。一般多為平房或三層左右的較低矮樓房。

- **豪宅** 豪華住宅；高級住宅。（為房地產市場術語，一般根據所處地區、建築質量、面積和景觀等標準界定。）

1940 至 60 年代大量難民進入香港，非法佔地搭建房屋十分普遍，木屋、鐵皮屋大增，統稱「寮屋」，當時政府的專責部門為寮屋管制組，俗稱寮仔部。

60 年代香港人常以「住洋樓，養番狗」來形容優越奢華的生活。

按房屋擁有者或使用者的不同區分，有以下不同類別：

- **徙置區**　早年香港政府興建的第一代出租公共屋邨。由當時的徙置事務處管理。又稱「廉租屋」。

  首座徙置大廈建於 1954 年，位於石硤尾，原為安置受火災影響的居民而建。

- **廉租屋**　香港政府興建的以低廉租金出租的房屋，現統稱為「公共屋邨」。（公共屋邨也簡稱「公屋」或「屋邨」。）

- **安置區**　早年用於安置受清拆或火災等影響而又未能即時編配入住公共屋邨人士的臨時居所，為以木板或鋅鐵搭建的平房。後稱臨時房屋區（臨屋）。

- **丁屋**　擁有「丁權」的新界原居民在自己擁有的土地上蓋的房子。

  丁屋准許興建的範圍是面積不超過 700 平方呎，最高三層。丁屋如轉讓或出售給非原居民，需向政府申請並補地價。

- **私樓**　又作「私家樓」。私人（自置）樓房。

- **政府樓**　又稱「公務員樓」，屬早期政府公務員房屋福利，1980 年代中以後，業主經既定程序申請及補地價後，可自由轉售。

- **廠廈**　「工廠大廈」的簡稱，又作「工廈」。由政府或建築商興建作工業用途的樓房。

- **商廈**　「商業大廈」的簡稱，即興建作商業用途的樓房，亦稱作「商業樓」或「寫字樓」。

根據房屋發展商建造樓房的設計，特別是針對他們為獲取最大利潤而採取的建築手法，對樓房可以有以下描述：

- **發水樓**　指建築面積比實用面積（實際能使用的面積）大很多的樓房。

- **縮水樓**　實際面積比原圖紙或銷售說明書上所標示的有所減縮的樓房。（縮水樓與發水樓性質相同，只是描述角度相反。）

- **屏風樓**　成組樓房建築的設計為幾座一字排開，狀如屏風，沒有顧及區域內空氣流通的問題。

- **牙籤樓**　佔地面積小而樓層高的樓房。（或稱「香芛 gai¹ 樓」。「香芛」指香燒完後剩下的小木棒。）

- **蚊型樓**　住宅單位面積非常小的樓房。又引指面積極小的住宅單位。

- **鹹水樓**　用海水（即鹹水）攪拌水泥建造的樓房，質量較差。

- **短樁**　指高樓的地基打樁深度與設計深度存在差異，深度不足。

樓房結構

根據樓房建築的內部結構，住宅單位內的間隔方式，有各種不同的類型，例如：

- **板間房**　用木板作間隔的房間。（板間房的木板間隔不到房頂，利於通風，與「梗房」相對。）

「建築面積」指實用面積加上樓房公用地方的面積，如樓層內的走廊、樓梯、電梯、公眾大堂等。在香港，樓房一向以建築面積定價，而計算在建築面積內的項目往往具有爭議性，算進去建築面積的項目越多，實用面積的比例越低，這些樓房，被稱為「發水樓」。

1960 年代因淡水缺乏，部份承建商為節省成本，改用海水拌和混凝土建造樓房，造成鋼筋快速銹蝕，1980 年代問題陸續顯現，至使有 26 座公共房屋最終全部拆卸。

1999 年至 2000 年間出現多宗「居屋」短樁事件。

板間房在「唐樓（舊式樓房）」中很常見，有些房東、住戶會把房間分租，一套房多家房客的情況很普遍。

- **梗房**　獨立間隔的房間，有別於用不到頂的木板甚或布帳隔成的房間。

- **劏房**　「劏」意為「割開」，通常用於指宰殺禽畜魚類，如「劏雞」。把一套房子分隔開以分別出租給不同租客的獨立房間或套間，稱為「劏房」。

劏房常見於舊式的建築物，每個小單位面積幾十到二百平方呎左右，多數未經批准改建，通道狹窄，改建或影響樓房結構，存在規管問題。

- **眼鏡房**　房子的兩個房間並排，房門正對着客廳，這種房間的格局，稱為「眼鏡房」。

- **複式單位**　住房內有上下兩層相連空間的、內置樓梯互通的住宅單位。

- **籠屋**　把一個住房像鴿子籠那樣分隔成很多格，每格面積為一個床位，四周罩以鐵絲，約兩三個立方米的空間。（「籠屋」事實上不是一種樓房結構，而是一種方便出租給獨立租客的床位設計。）

對於室內環境佈局和建築結構的描述，也有特定的一套詞彙，例如：

- **頭房**　指舊式樓房中同一層樓的最前面、靠近客廳的第一間房，又稱「騎樓房」。（頭房後面的房間，稱為「中間房」和「尾房」。）

以前的舊式樓房（唐樓），很多都劃分出若干房間分租，至少分為頭房、中間房、尾房三間。頭房亦稱「騎樓房」，面積較大又光線充足（因臨陽台或有臨街窗口）。

- **主人房**　房子主人住的（雙人）套間。

- **工人房**　家中傭人住的房間。

- **騎樓**　陽台；涼台。又稱「露台」。

- **天台**　房頂曬台，屋頂上的涼台。也作「天棚」。

- **樓頂**　天花板。

- **樓底**　建築物裏面天花板離地面的高度。

- **樓陣**　樓房的框架結構，材料通常是木頭或鋼筋。

- **風力牆**　建築物裏的主力牆。與「非結構性的間隔牆」相對。
  （香港建築物條例規定改動房屋內部結構時，風力牆絕不能拆除。）

- **危樓**　因結構損壞、日久失修而有倒塌危險的樓房。

- **閣仔**　閣樓。

- **單邊**　有一邊沒有別的房子挨着或遮擋。

- **西斜**　西曬。

- **一梯兩伙**　每層樓房兩戶人家，共用一部電梯或一道樓梯。
  （房地產廣告常用語。）

- **走火通道**　建築物內火災時專用於疏散人的通道；安全門；太平門。（火災逃生專用的樓梯為「走火梯」。）

- **通天**　天井。

- **僭建**　非法加建或改裝，即違例進行建築工程。

> 凡未經申請審批，對建築物私自進行改建，例如搭建「天台屋」、挖地下室、加大陽台、加裝花架等，均有違香港建築物條例，俗稱「僭建」。

房地產市場

香港房地產市場十分活躍，跟物業買賣有關的詞彙使用頻繁。「物業」一詞也成為正式的中文詞語。「樓」從原來的「樓房」或「樓層」義，擴展為指住宅單元，「買樓」即購置一套房子。「樓」引出的詞語有很多，如：

- **樓市**　房產交易市場。

- **樓盤**　供買賣的房子。（可簡化為「盤」，市場上有買盤和租盤。

買盤又分「自讓盤」、「銀主盤」等。)

- **樓花**　尚未建造或尚未建成的商品樓房。（建築商往往以出賣這種圖紙上的「樓房」的業權來籌集建築費用。）

- **樓蟹**　喻指以較高價格買入樓房，卻因樓市低迷無法賣出的炒買炒賣樓房者。（「蟹」為「大閘蟹」之簡，即錢被套牢像被捆綁的螃蟹一樣動彈不得。）

- **樓契**　房地產證。

- **樓齡**　樓房的「年齡」。「樓」變調為 lau^2*。

跟房屋買賣相關的詞語，也相當豐富，舉例如下：

- **上車**　置業者首次購置房產。

- **上樓**　搬到政府資助的樓房居住。

- **首期**　首付，即分期付款購買商品（常用於指買房屋）第一次交款時所要付的款項。

- **供樓**　購買房屋貸款後按期還款；以分期付款的方式購買房屋。

- **按揭**　以將要購買的房屋的產權作為抵押向銀行貸款買房子。又稱「樓按」。（「按」即抵押，未還清貸款而再第二次抵押借貸，稱為「二按」。）

- **入伙**　遷入；入住（新房子）。（「伙」意即「戶」，如「一梯兩伙」，即一層有兩戶。）

- **摸貨**　指物業交易中買家尚未最終簽署合約之前就已轉手出售的物業。「摸」是英語 confirmor 後一音節的音譯，音 mo^1。

在物業交易中，簽署了臨時買賣合約的買家，為 confirmor（確認人），他在此時轉售的物業，稱為「摸貨」。以摸貨獲利為炒樓者常用手法。

- **撻訂**　捨棄已預付的訂金以取消原定的賣。

（四） 金融股票

金融術語

金融術語主要指銀行、證券、保險等行業中流通的用語。香港作為國際金融中心，有關金融市場各種經濟活動的詞彙很豐富，舉例如下：

- **價位** 證券交易中規定的價格漲、跌的計算單位。如某股票規定價位為一角，則漲、跌都需為一角及其倍數，而不能是幾分錢之類零頭。

- **低企** 指價格或價位維持於較低的位置。如：本周金價依然低企。

- **高企** 價位、價格居高不下。如：人民幣高企。

- **回軟** 價位、價格從高位回跌。如：美元兌馬克回軟。

- **掉期** 買賣遠期金融投資產品的一種交易形式，投資者利用差價以獲取利潤。

- **買殼** 把瀕臨困境的一家上市公司、企業的所有權（或控股權）贖買過來，利用其名義（殼）來進行經營活動。

  > 「買殼」原出現於股市，後來體育界也用這種方法，利用上一級球隊的「殼」組隊參加比賽。

- **低水** 在期貨市場中，現貨與期貨的差價即為「水位」，若期貨看跌，即「水位」低，稱為低水。如：十二月期貨指數跌幅較大，低水十幾點。

- **沽家** 售賣（股票等）的一方。

- **沽壓** （股票等）拋售的壓力。

- **沽盤** ① 待售商品行情。② 售賣的股票。

- **沽售** 賣出（股票等）。如：公用股有沽售壓力。

- **平倉**　指金融市場投資者購入或沽出等量的、但方向相反的期貨合約，以了結交易（即沽出原先購入的股票、貨幣、期貨合約；或購入原先沽出的等量的股票、貨幣、期貨合約）。

- **迫倉**　因投資產品價格大幅下跌或上升，造成虧損，使按金低於規定之要求，金融機構要求投資者追補按金。

- **補倉**　金融市場中，投資者只須付出按金，便可進行槓桿式買賣，若投資產品價格大幅下跌或上升，造成虧損，使按金低於規定之要求，便要增付按金，稱為「補倉」。

- **斬倉**　指金融市場投資者，以小量現金購入或沽出大於本身按金的投資產品（如股票、貨幣、期貨合約），當價格波動，造成虧損，使按金低於規定之要求，而又不能在規定時間內補回，被迫結算，稱為「斬倉」。

- **套戥**　即套利、套購交易，指通過同時沽出和購入商品或期貨等來賺取中間差價的一種投資策略。

- **好友**　指金融投資市場中看好市場前景並因而投資購入期貨、股票者。而看淡市場前景而買跌，或因而不願投資甚至退出市場者，則稱「淡友」。「友」變調為 jau²*。

股市術語

股票買賣是金融業界中最為活躍的經濟活動，股票市場及股票交易的專用詞彙，舉例如下：

- **金魚缸**　喻指香港聯合交易所，因為舊的交易所大廳是在一個非常大的玻璃屋子，外人可以看見裏邊穿着紅色背心的交易員走來走去，其情景好像紅色金魚在魚缸游來游去，故名。

- **牛市**　指股票市場興旺，股價上升，投資者交易活躍。這是英語 bull market 的意譯詞。

香港聯合交易所於 1986 年 4 月 2 日由香港證券交易所、遠東交易所、金銀證券交易所及九龍證券交易所四大交易所合併而成，2000 年改稱香港交易所，簡稱「港交所」。1993 年起證券交易全面電子化。2006 年，新交易大廳啟用，安裝全彩色中央顯示屏幕，及設有新聞直播室。2017 年關閉改建。

- **熊市** 指股票市場價格處於低迷狀態。這是英語 bear market 的意譯詞。

- **交投** （交易所內的）股票買賣。如：交投活躍。

- **牛皮** 指市場交投不興旺，股價升跌的幅度小且反反覆覆，投資者持觀望態度的狀態。

- **高位、低位** 高或低的價位。「價位」指股票價格升或降的單位。

- **高開、低開** 股市開盤時價位比前一天高稱「高開」；比前一天低稱「低開」。

- **高收、低收** 股市以高價位收市稱「高收」；以低價位收市稱「低收」。

- **牛熊證** 「牛證」和「熊證」的合稱，是投資市場上一種結構性信託投資產品。投資者看好相關資產的表現，就購入「牛證」；反之則購入「熊證」。牛熊證可以使投資者投入較少資金便能追蹤相關資產價格的表現而獲利，但也有一定風險。

- **窩輪** 認股證。英語 warrant 的音譯詞。（亦指委任狀；逮捕令，用於此意時又譯作「花令紙」。）

- **紅籌股** 指在香港或海外註冊，由中資企業控股的香港上市公司的股票。「紅籌股」是仿照「藍籌股」（在行業中處支配地位、市值大的股票）造出來的詞語，因海外習慣以「紅色」代表中國，故稱。

- **細價股** 每股股價低於一元的股票。股價在一毫（角）和一元之間的，又稱「毫股」，股價低於一毫的，又稱「仙股」。

- **紅股** 上市公司額外派贈給股東的股票。派發紅股實際上是上市公司既可給股東以回報、又不用花費大量款項的一種經營手段。

- **供股** 指上市公司發行新股讓現有股東認購，股東可按其持股比例認購新股。

- **殼股** 某些上市公司業務出現虧損或沒有實質業務，擁有的資產價值不高（甚至出現負資產），其公司只剩下一個「上市公司」名義（外殼），這類公司的股票即稱為「殼股」。其他擬

上市的公司，可通過注資或收購手段購買其「殼」，稱為「買殼」或「借殼」，以相對簡易的手續達到將自己的業務上市的目的。

- **空股**　乾股（指公司設立人或股東依協議贈予第三者的股份，這類「影子股東」一般以勞務或聲譽等代替實際出資）。

- **孖展**　即保證金。這是英語 margin 的音譯詞。在進行股票買賣時，投資者可利用抵押（現金或購入的證券）買入多於按金的證券或期貨等，進行槓桿投資，放大收益。

- **老鼠倉**　指莊家在用大量資金推高股價之前，先用個人資金在低位增持股份，以待高位時率先賣出獲利。這些個人購買的股票稱「老鼠倉」。

- **買盤**　用於購入股票的資金額。

- **賣盤**　①沽出股票的資金額。如：股票市場賣盤多，影響股價下跌。②出售公司的股權。如：長期虧損，最後惟有賣盤。

> 「賣盤」亦引作房地產用語，指房地產代理出售的「樓盤（房子）」。與「租盤（出租的房子）」相對。

- **除牌**　停止某家上市公司的股票交易資格。「牌」變調為 paai^{2*}。（與「除牌」相對為「掛牌」，即某家新上市公司的股票開始交易。「除牌」後再「掛牌」稱「復牌」。）

- **停牌**　某種股票因漲、跌幅度過大或其他原因而暫停在證券所交易。「牌」變調為 paai^{2*}。

> 「牌」即指每種股票掛在買賣價顯示板上的名牌。在香港交易所全面電子化之前，交易時每種股票以名牌代表。
> 「停牌」又可解作吊銷執照，「牌」讀原調 paai^{4}。

- **配售**　上市公司在發行新股或擴充股權時，在公開發售以外，將一定比例的股份分配給某些特定的申購者。

- **滑落**　價格或價位連續下跌。

- **回挫**　股票價格或價位回落。

- **回穩**　股票價格或價位回復穩定。

- **回吐**　在獲得一定收益後，售出所持有的證券、股票等。如：獲利回吐。

- **坐艇** 套牢股票。即買入股票後，股價下跌不能即時賣出獲利，只好繼續持有等待時機，這種狀態稱「坐艇」。

- **大閘蟹** 以被捆住的大閘蟹比喻在證券市場交易中被套牢的人。

- **止蝕** 為防止因股票價格變動造成更大虧損而採取的買賣行動。

（五）　賽馬

「賽馬」也稱「跑馬」，在香港，是少數合法的賭博活動之一，也是極受普羅市民歡迎的一種業餘消遣。香港賽馬行業歷史悠久，有不少賽馬專用語，漸漸已轉化為普通詞語，在一般場合使用，如「搶閘」、「造馬」等。

賽馬行業用語

- **跑馬**　賽馬。如睇跑馬、馬照跑。

- **馬會**　「香港賽馬會」的簡稱，也稱「賽馬會」。前身為「英皇御准香港皇家賽馬會」。

- **馬場**　賽馬場；特指香港的賽馬場。

- **快活谷**　跑馬地馬場的別稱。這是英語 Happy Valley 的意譯。

- **馬圈**　賽馬行業。

- **馬標**　早年一種與賽馬結合的彩票。又寫作「馬票」。

- **馬仔**　對賽馬的馬匹的戲稱。如：今晚啲馬仔唔聽話（今晚買的馬都輸掉）。

- **馬房**　賽馬會設立及管理的，料理和訓練馬匹的場所。

- **練馬師**　賽馬馬匹訓練員。

- **騎師**　賽馬馬匹的騎手。

「香港賽馬會」，於 1884 年成立，現為一非牟利機構，由香港政府批准，獨家經營香港賽馬、六合彩及海外足球賽事博彩。

香港現時的賽馬場有兩個：跑馬地馬場早於 1844 年已正式舉行賽馬；而沙田馬場則於 1978 年落成。

1931 年香港賽馬會首次發行馬票，分大馬票和小搖彩兩種，大馬票每年開 2-3 次，彩金由早期數十萬元到後期 100 萬元；小搖彩在馬季期間每月開獎，彩金較少。1977 年馬票開獎取消，由六合彩取代。

- **班頂**　「頂」指最好的。比賽的馬匹通常按以往的成績分成若干班，在同一班馬中表現最好的稱班頂馬。

- **超班馬**　賽馬比賽中表現特別突出的、大大超過同一級別其他馬匹的良馬。（夠不上某一班的標準，稱為「唔夠班」。也引申指及不上某個標準或規定。）

- **馬王**　賽馬中成績最好的馬。

- **馬主**　賽馬馬匹的主人（擁有者）。能成為馬主的通常都是有一定資產、地位者。

- **拉頭馬**　每一場賽馬中贏得冠軍的馬匹，在比賽結束後由騎師以及馬匹的馬主、練馬師等眾人拉着馬走回出發點，並拍照留念，此舉稱為「拉頭馬」。

- **馬夫**　負責照顧賽馬馬匹的工人。

- **馬經**　與賭馬有關的信息、評論等。

- **馬報**　專門刊登賽馬消息、評論的報紙。

- **馬季**　（香港的）賽馬季節。香港從每年 9 月下旬至次年 5 月下旬舉辦賽馬，夏季則停賽，稱「歇暑」或「唞暑」。

- **馬迷**　參與賭馬活動者；賭馬迷。

- **馬牌**　賽馬會會員看台的通行證。

> 申請成為香港賽馬會會員有嚴格的資格限制，入會費高昂，晉身此行列被視為個人成就和顯赫地位的印證。

賽事及投注

- **投注**　在博彩遊戲中投入的注碼。

- **彩池**　賽馬、六合彩等博彩活動所設置的供人投注的各種項目。

- **買馬**　在賽馬博彩活動中下賭注。

- **馬纜**　下注後發給投注者的票據，一般稱作「飛（票）」，在非法投注集團中稱「馬纜」。

- **落飛**　（在賽馬賽事中）下注；買了賭馬票。如：開跑前最後一分鐘呢隻馬好多人落飛。

- **鋪草皮**　字面意義是拿錢給賽馬會鋪了賽馬場的草皮，比喻賭馬輸了錢。

- **泥地、沙地**　賽馬場有不同形式的賽道，主要分草地、泥地、沙地、膠沙地幾種。（馬房外供馬匹踱步操練的沙地，稱「沙圈」。）

- **造馬**　指在賽事中作弊，讓預定的某一匹馬取勝。（也引申為在各種比賽、選拔中弄虛作假，讓預定的人贏得冠軍或獎項。）

- **馬膽**　投注時選擇可能獲勝的幾匹馬互相搭配，搭配的中心馬（即不管作何種搭配都選擇的那匹馬）稱「馬膽」，或簡稱「膽」。如：選 5 號做膽，選 3 號、9 號做配腳。

- **獨贏**　在一場賽事中投注的馬匹獲第一名，即可獲取彩金。

- **連贏**　在一場賽事中投注的馬匹獲得第一名及第二名（不計順序），即可獲取彩金。（買中「連贏」的彩金通常比買中「獨贏」、「位置」等要高。）

- **位置**　在一場賽事中投注的馬匹獲第一名、第二名或第三名，即可獲取彩金。

- **三重彩**　在一場賽事中順序買中前三名的馬匹。

- **三 T**　在指定三場賽事中都買中前三名的馬匹（不計順序）。獲取這項彩金的機率不高，故通常彩金額較大。T 為英語 Trio 的簡稱。

- **孖寶**　在連續兩場賽事中買中第一名的馬匹。（如果買中了第一場的冠軍馬，而第二場所買的預測冠軍馬僅獲得第二，則可獲得「孖寶」的安慰獎彩金。）

- **六環彩**　在指定的六場賽事中買中每一場第一名或第二名的馬

連續兩場買中「連贏」謂中「孖 Q」；連續兩場買中「位置」謂中「位置 Q」。Q 為「連贏（Quinella）」的簡稱。

除「三 T」外，投注方式還有「孖 T」（指定的兩場中獎）和「單 T」（指定的一場中獎）的。

匹，即可獲取彩金。（如買中每一場第一名的馬匹，謂中「六寶獎」，獲取這項彩金的機率不高，故通常彩金額較大。）

- **心水馬**　心中估計會獲勝的馬匹。

- **冷馬**　出人意表的獲勝的馬匹。（亦可引指意外獲勝者。）

- **叮噹馬頭**　原指比賽的兩匹馬實力很接近，引指不相伯仲，不相上下，難分高低。

- **馬位**　指一匹馬的長度。

- **馬鼻**　指一個馬鼻子的長度。如：輸一個馬鼻。

- **去馬**　原指賽馬開跑，引指決定實行。如：大家都贊成的話，就去馬喇（行動了）！

- **馬檔**　賽馬開跑時馬匹所排的閘門的位置。

- **搶閘**　指開跑時攔着馬匹的閘門一打開，馬匹搶先衝出。喻搶先別人一步。如：全靠我搶閘去見佢至做得成呢單獨家採訪。

- **出閘**　指賽馬起跑。因賽馬起跑時需衝出閘門，故稱。

- **衝閘**　指比賽的馬匹進入起跑的賽道後，不聽騎師控制，未等發號就衝出起跑閘門（多見於作賽經驗少的馬匹）。

- **大直路**　特指跑馬地馬場終點前一段一千多米長的直路。比賽馬匹進入此路段，表示接近終點，勝負大致已成定局。亦用作比喻事情已克服障礙，目標即將達成。如：雙方談判進入大直路。

（六）　麻將

打麻將香港人稱「打麻雀」，也戲稱「攻打四方城」。這是極為普遍的大眾化應酬消閒活動，麻將用語有部份也成為一般通用詞語，如「抽水」、「食詐糊」等。

> 「打麻將」的其他說法還有：開檯、游乾水（因打麻將洗牌時兩手一張一收像游泳一般）、竹戰（早期的麻將牌是用竹子做的）。

> 根據香港法例，賭博是非法的，但香港賽馬會則為特准機構主辦賽馬等博彩活動（1997 年前稱「英皇御准香港賽馬會」）。而打麻將是粵人傳統消閒娛樂，獲有限制保留，只要向政府申請牌照，可在指定地點、時間經營麻雀館。

- **打麻雀**　打麻將。「雀」又音 dzoek^2*。

- **麻雀館**　專門提供麻將娛樂的場所，進出的人一般品流複雜。

- **鵲（雀）局**　麻將牌局。

- **鵲（雀）友**　一起打麻將的朋友。「友」變調為 jau^2*。

- **麻雀腳**　搓麻將的伴兒。（參與牌局的人稱「腳」，缺一人稱「差隻腳」，加入牌局以湊齊人數稱「戥腳」。）

- **三缺一**　（打麻將）缺一個人。

- **食糊**　和牌（指贏得該局）。（「和牌」舊稱又作「胡牌」，粵語一般寫作「糊」，變調為 wu^2*。）

- **叫糊**　指打麻將時「聽牌」（只差一張牌即可和牌）。

- **截糊**　①兩三家同叫一張牌即和牌。當這張牌打出時，位置在最前面的一家和牌，把後面一家（或兩家）的牌搶過來了，就叫「截糊」。②比喻被別人捷足先登而不能成事。

- **食詐糊**　①和了牌以後才發覺牌張組合不合和牌的規定，並不是真能取勝。②引指以為十拿九穩的事情突然落了空，意近普

通話「煮熟的鴨子飛了」。

- **食頭糊輸甩褲**　在第一局和了牌，之後必定輸個精光。（「甩褲」意即褲子掉下來。）

- **食尾糊**　（打麻將）在最後一局和了牌；引指最後撈一把或最後才得到好處。

- **自摸**　靠自己摸到的牌而贏牌。「摸」變調為 mo¹*。

- **摸王**　一局牌摸到只剩下限定數量的牌（四張牌），該局便成為流局，稱為「摸王」。

- **密食當三番**　頻頻（以小的番數）和牌，也就好比是一次贏了三番的牌了。指打麻將不做大牌，只求盡快和牌。

- **開槓**　槓牌，即碰牌湊齊四張牌，又叫明槓。某一牌張的四張牌全在手的槓牌叫暗槓。

- **海底摸月**　又作「海底撈月」。水中撈月。「月」變調為 jyt²* ①「自摸」最後一隻牌（海底牌）和了。② 比喻根本做不到，白費力氣。

- **卡窿**　連着的三張麻將牌的中間張，如二三四條中的三條。如：叫卡窿（聽中間張）。

- **戙**　量詞。摞。如：一戙（麻將）牌。

- **筒子**　餅（麻將牌花色的一種）。如：六筒（六餅）。

- **索子**　條（麻將牌花色的一種）。如：六索（六條）。

- **萬子**　萬（麻將牌花色的一種）。如：六萬。

- **中發白**　「紅中」、「發財」、「白板（白皮）」的簡稱。麻將牌中的三元牌。

- **四萬噉口**　比喻笑容燦爛。中國字「四」的字形跟露齒的笑容相似，故稱。

「四萬」特指麻將牌中「四萬」這隻牌，牌中「四萬」的「四」字易於引起對笑容的聯想，假設換成「4字噉口」，則未必能產生特定聯想（阿拉伯數目字4跟露齒的笑容不相似）。

- **蝕張**　①容易招致損失的牌張。②引申作吃虧。如：身材矮，比賽一定蝕張。

- **鬆張**　故意打出對別人有利的牌張。

- **甩牌**　用手指來辨認麻將牌、骨牌等。

- **執位**　①擲骰子決定打麻將的座位。②引申為用某種形式決定各人的位置；變動各人位置。如：公司高層最近大執位。

- **對家**　打牌時坐對面的人。（坐兩邊的為「上下家」。）

- **抽水**　①為麻將之類賭博提供場所及服務者向贏家提取報酬。②沾別人的光。如：慶功宴同你無關，你出席分明想抽水。

- **大殺三方**　指麻將之類賭局中大勝其他三位對手。喻指在商業競爭中一帆風順，財源廣進。

（七） 文娛、康樂

電影

電影行業的用語，根據行業經營、影片類型、電影院票房等範疇，分別舉例如下：

- **映畫戲** 舊時指電影。這是來自日語的外來詞。

- **解畫** ①解説影片內容，「畫」即「電影」。②引申為對事件、事物的解釋，解説，如：總經理要為事件向公眾解畫。

- **換畫** 指電影院更換新一輪放映的電影。又引指更換男朋友或女朋友。如：有人視愛情如遊戲，頻頻換畫。

- **上畫** 電影院掛出新上映電影的廣告畫稱「上畫」，拆除廣告畫稱「落畫」，喻指電影上映和上映期完結。

- **落畫** 原指電影院拆除某電影的廣告畫，引指電影上映期完結：呢部戲影咗三日就落畫（這個片子放映了三天就收場了）。

- **走片** 跑片子；傳送片子。舊時放電影時，一部片子先後緊接着在不同影院放映，因此影片的拷貝要在影院間傳送。

- **院商** 電影發行商。

- **院線** 屬於同一經營財團經營的一系列電影院。

- **檔期** （電影、戲劇等的）放映期、演出期。如：聖誕黃金檔期。

- **猛片** 賣座的電影。

- **西片** 歐美等國家拍攝的英語電影片，也泛指外國影片。

- **港產片** 香港出品的電影片。

- **艷情片**　描寫情愛色慾的影片。

- **風月片**　早期的色情片。

- **警匪片**　內容講述警察追剿緝捕匪徒的影片。

- **三級片**　指內容含有色情裸露和血腥暴力成份的、只限十八歲以上成人觀看的電影或電視節目。

- **粵語殘片**　指香港 1950 至 60 年代拍的電影，電視台重播時一般稱為「粵語長片」，不過，因影片給人的印象是又舊又殘，後來人們改「長」為「殘」，戲稱為「殘片」。

對不同內容的電影，還可分為各種類型，早期多分為：古裝片、時裝片、偵探片、色情片等；現在常見的分法為：武打片、警匪片、驚慄片、災難片、笑片（喜劇片）、勵志片、科幻片、三級片（色情片）等。

香港電影檢查部門把電影、電視節目等分為三級。沒有色情、暴力等內容，適合於各年齡層次觀眾觀看的為「一級」；稍帶色情或者暴力成份，兒童及青少年須在家長指導下觀看的為「二級」；有過分的打鬥、血腥場面，或含色情裸露的內容，或有過於粗俗的對白，只限十八歲以上成人觀看的為「三級」。

- **戲院**　電影院；劇院。（香港的電影院一般都稱戲院，部份也兼作戲劇表演場地，如新光戲院。）

- **超等**　電影院或戲院上層的座位，票價較貴。

舊時的戲院（電影院）都是大型設計，座位分堂座和超等，有的更設有包廂。堂座票價相對較廉宜，又按座位距離銀幕的遠近分前座、中座、後座等，票價不同。現時已劃一票價。

- **堂座**　電影院、劇院等大堂的座位，與「樓座」（舊稱「超等」）相對而言。

- **前座、中座、後座**　電影院或戲院下層最前的幾排座位為「前座」，中間的幾排為「中座」，較後的為「後座」，越後的票價越貴。

- **戲橋**　舊時戲劇上演或電影上映時，即場派發的劇情簡介。「橋」讀變調 kiu^2*。

- **畫位**　確定座位；選定座位。（舊時電影院或劇院售票員均以人手在票上寫上座位號碼（畫位）。如憑票自由入座，稱「不設畫位」。）

- **早場**　電影院最早的一場放映場次，票價較便宜。早期電影院的早場時間一般在 10：30。

- **公餘場**　舊時電影上午 10：30 或下午 5：30 放映的電影場次，放映的一般為二輪電影，票價較便宜。

- **午夜場**　指電影院凌晨以後放映的電影場次。（舊時泛指晚上 10：00 以後放映的電影場次。）

> 以前電影院放映場次一般是固定的，正場有四場，為下午 12：30、2：30、晚上 7：30、9：30。此外也有上午 10：30 的早場、下班和放學後 5：30 的公餘場（後改為 4：00）和晚上 10：00 以後的午夜場（凌晨 12:00 以後的稱子夜場），這些場次門票較便宜。

演藝用語

演藝用語主要指影視娛樂、樂壇、電台等行業的常用語，舉例如下：

- **演藝界**　又稱藝能界，俗稱娛樂圈、娛樂界。泛指影視表演、歌舞等行業及其從業人員。

- **五台山**　舊時指九龍的廣播道。因曾有香港電台、商業電台、無線電視台、亞洲電視台、佳藝電視台共五家電台（電視台）集中於此，故稱。

- **樂季**　樂團表演季節。

- **康城影展**　法國城市 Cannes 一年一度舉辦的電影節。

- **影帝、影后**　電影獎的最佳男女主角獲獎者的俗稱。

- **天王巨星**　最走紅的歌、影、視大明星。又稱「天王」、「天后」。

- **開騷**　公開表演；開音樂會、演唱會等。「騷」是英語 show 的音譯詞。

- **科騷**　舞台上的個人歌舞表演。這是英語 floor show 的音譯詞。

- **走埠**　（演員、民間藝人等）跑碼頭；巡回演出；走穴。

- **棟篤笑**　單口相聲；個人搞笑表演。這是英語 Stand-up comedy 的意譯詞。

- **派台**　音樂創作者或唱片經理人把新歌樣本分發到電台或提供給製作人，以作宣傳或推廣。歌手宣傳新歌時，也常用「派台」方式，這種歌稱「派台歌」。

- **jam 歌**　樂隊即興合作演奏，引指臨時組合演唱。如：兩父子難得同台 jam 歌。

- **rap 歌**　一種流行歌曲。以快速且有節奏地唸出歌詞為主要特色。rap 又作「饒舌」。

- **唱 K**　唱卡拉 OK。

  > 專為卡拉 OK 而創作的歌曲稱「K 歌」，其特點是音域較窄、旋律較慢，適合大眾口味。

- **唱家班**　歌唱水平較高的人；歌藝不凡的人。

- **唱作人**　歌曲創作者以及歌手。

- **咪嘴**　假唱，即指歌手在麥克風前假裝唱歌。「咪」即「麥克風」。

- **DJ**　即「唱片騎師」。電台音樂節目主持人。這是英語 disk jockey 的縮寫。

- **烽煙節目**　一種電台節目，其形式是接聽聽眾打進來的電話並共同討論問題。「烽煙」是英語 phone-in 的音譯。

- **封咪**　歌星、電台或電視台主持人不再使用麥克風，指不再演出或者主持節目。

- **劇集**　（電視）連續劇。

- **煲劇**　長時間追着看連續劇。

- **劇透**　含有故事或劇情的描述。如：呢篇影評有大量劇透。（有

時也作動詞用，即透露故事或劇情。）

- **戲肉**　戲劇的精彩部份；高潮。「肉」變調為 juk^2。

- **開鏡**　（電影、電視劇）開拍。

- **一 take 過**　電影（電視）拍攝的一個鏡頭稱為 take。一 take 過指一次拍攝完成，不用重來。引指做事一次就成功。

- **NG**　不行；重來。又特指影片拍攝中的鏡頭重拍。這是英語 no good 的縮寫。

- **蝦碌**　演員在拍攝時因出錯或演出不理想而被剪掉的影片片段。這是英語 hard luck 的音譯詞。如：電影完結後會播放蝦碌鏡頭。

- **爆肚**　演員臨場即興發揮現編台詞。

- **穿崩**　指戲劇影視演員演出時服裝或道具露出破綻，即穿幫。（如穿古裝戲服卻佩戴着手錶出場。）

- **娛記**　採訪娛樂新聞的記者。

- **茄喱啡**　跑龍套的；無關緊要的小角色。這是英語 carefree 的音譯詞。（演出機會相對較多的小角色，為「大茄喱啡」簡稱「大茄」。）

- **臨記**　（拍電影時請的）臨時演員、群眾演員。

- **美指**　「美術指導」的簡稱，指電影、電視或戲劇表演中，負責設計佈景、規劃整體視覺效果的人。

- **龍虎武師**　專職的電影武打演員。

- **fans**　歌迷；粉絲（偶像的崇拜者、支持者）。又寫作「fan 屎」。

戲班用語

傳統粵劇又稱謂大戲，劇團即為戲班，戲班有自己的專用詞彙，舉例如下：

- **大戲**　粵劇的俗稱。如：做大戲。

- **戲棚**　演戲搭的棚；戲台。

- **行頭**　讀作 hong⁴ tau⁴。演戲的服裝和道具的總稱。如：大老倌都有幾大箱行頭。（又常用作指一般穿着。）

- **大龍鳳**　原為香港一著名粵劇團名稱，因粵劇演出都是大鑼大鼓，故以此比喻紛紛擾擾的事件或刻意鋪排的大場面。

- **落箱**　指戲班巡迴演出完畢，裝箱準備離開。

- **棚尾拉箱**　原指戲班演員剛剛退場就急忙將道具裝箱，不等劇終謝幕就匆匆離開（「棚尾」指戲台左側演員下場時退場的位置）。引指中止活動緊急撤離或偷偷溜走。

- **做台腳**　原為戲班專用語，引指受僱於人，給人幫忙。

- **爆棚**　①粵劇演出精彩非常，觀眾擠破戲棚。又泛指活動場所座無虛席。②引指十分充足。如：信心爆棚。

- **甩鬚**　原指舊時戲劇演員演出時掛在臉上的鬍鬚脫落而當場獻醜。引指丟人現眼；出醜；出洋相。如：我全部問題都答錯，當堂甩鬚。

- **六國大封相**　原為粵劇劇目，是每台戲演出前照例上演的墊場戲，喻指場面熱鬧壯觀。引指轟轟烈烈的大事。

舊時粵劇戲班大多是流動性質，巡迴演出時服裝道具等都用箱子裝好以便運輸。演出後搬運箱子離開俗稱「拉箱」。一下場就匆忙離開的情況通常出現在那些蹩腳戲班和演員身上。

1950 年代，灣仔發生一宗轟動一時的兇殺案，一個姓朱的租客因遭人白眼，狂性大發，殺死兄嫂侄兒，並放火燒屋。他行兇前曾揚言要「做齣六國大封相你哋睇」。此語後來便成為香港俚語，含「瘋狂殺戮」或「激烈爭鬥」之意。

棋局

- **捉棋**　下棋；下象棋。

- **督卒**　中國象棋術語。拱卒。

- **卒仔**　小卒；低級人員。

- **歸心馬**　中國象棋術語。窩心馬。

- **盟籠**　中國象棋術語。悶宮。

- **剝光豬**　原指把衣服脫得精光，比喻下棋時把對方棋子吃得精光（只剩下「將」或「帥」），即「剃了光頭」。

- **冇棋**　再沒有棋可走了，指棋局輸了。

- **飛象過河**　原指下棋時違反象棋規則把「象」跳到河的另一面。今常用於比喻：①在飯桌上把筷子伸到遠離自己的地方夾菜；②在巴士上把腳踩到對面的座位上。

- **擺明車馬**　原意指下象棋時把「車」、「馬」都亮出來進行較量。喻指：①擺開陣勢公開較量；②開誠佈公，把事情攤開說清楚。

- **事急馬行田**　象棋中「馬」進退的路線是「日」字形，「象」才走「田」字形；「馬」行「象」步，則不合規則。比喻事情緊急時採取權宜之計或不擇手段。

- **食咗人隻車**　象棋中的「車」是最為重要的棋子。下象棋吃了別人的車，比喻損害別人的重要利益而讓自己獲得好處。

> 「督卒」又引指偷渡到香港，因偷渡者需越過深圳河，如拱卒過河。（此用法今天已少見）

（八）賭博

賭博在香港為非法，但早期社會賭博盛行，今天到澳門賭場博彩也是香港人日常消遣活動，很多賭博用語依然流行，部份並轉化為一般用語。

跟賭博有關的用語，包括賭場專用術語、撲克牌、六合彩的用語，分別舉例如下：

賭博用語

- **賭仔**　賭徒、賭客、賭棍的統稱。如：十個賭仔，九個敗家。

- **病態賭徒**　嗜賭成性、無可救藥的賭徒。

- **爛賭**　嗜賭；好賭。

- **過大海**　特指到澳門賭博。因香港與澳門隔海要坐船前往，故稱。

- **外圍馬**　一種非法賭博的投注形式。非法賭博集團接受在場外投注，因此賭客不用在馬場內或投注站下注也可參與賽馬賭博，方便而且可獲利更多。

- **出千**　在打牌、賭博中耍騙術、作弊（如偷窺、換牌、串通互利等）。又作「出老千」。

- **老虎機**　一種供投幣賭博的機器。

- **番攤**　舊時的一種賭博方式，類似押寶。

- **洗牌**　打牌術語。將牌弄亂，弄均勻，再排好。

番攤是香港舊時最為流行的賭博方式之一，其他還有字花（又稱花會）、天九（又稱牌九）、魚蝦蟹、十五湖等。

- **開晒** 猜拳用語，手掌全張開。

- **十賭九輸** 十次賭博九次輸。

- **輸到貼地** 輸了個徹底；輸得精光。

- **輸少當贏** 少輸點兒就算是贏了（用於指與對方實力相差太遠的較量）。

- **輸打贏要** 原為賭博用語，「輸打」指輸錢不甘心、不肯罷休；「贏要」指贏了錢則趕緊要輸家給錢結束牌戲。泛指不遵守遊戲規則、不服輸的要賴行為。

賭場術語

- **買定離手** 賭局中主持者對賭客的用語。意思是「擺放賭注後手就拿開」，通常這是百家樂、輪盤之類賭博遊戲準備開始的信號。

- **大晒** 即通殺。又用於形容霸道之極、高人一等、壓倒一切。

- **通殺** 賭博贏了而席捲輸家賭注。

- **大小通殺** 又說「大小通食」。不管押大還是押小都被莊家吃掉。泛指全勝，贏了所有的人。

- **大殺三方** 指麻將之類賭局中大勝其他三位對手，也喻指在商業競爭中一帆風順，財源廣進。

- **晒冷** 指賭「沙蟹」將全部賭注押上，孤注一擲。引指傾盡所有本錢；傾巢而出。「冷」變調為 laang¹*。

- **食夾棍** 原為賭博用語，指莊家通殺，兩面都吃。現多用於指隱瞞買賣兩方，從中取利。

- **有殺冇賠** ① 莊家全贏賭客。②引申為採取果斷行動，嚴厲對付。

- **曬蓆** 以前賭博時，開賭場者通常在賭桌上鋪一蓆子，若無人

參賭，蓆子便「暴曬」於燈光之下。後指其他生意清淡；門可
羅雀。

撲克牌術語

- **啤牌** 撲克；撲克牌。

撲克牌的四種花色由大至小為：葵扇（黑桃）、紅心、梅花、階磚（方塊）。

- **積** 撲克牌中的「J」。這是英語 jack 的音譯詞。

- **女** 撲克牌中的「Q」。這是英語 queen（女王）的意譯。「女」讀作 noey[1]*

- **king** 撲克牌中的「K」。這是英語 king 的轉音。

- **煙士** 樸克牌中的「A」。這是英語 ace 的音譯詞。亦可簡稱作「煙」。

- **大鬼、細鬼** 撲克牌的大王、小王（大鬼、小鬼）。

- **鋤大弟** 亦作「鋤大 D」、「鋤弟」。「弟」讀作 di[2]*。一種撲克牌的玩法，類似「爭上游」。常被用於賭博。

- **pass** 橋牌術語：放棄叫牌。舊又寫作「派司」。（又用於指通行證；或表示通過考試、檢查等。）

十三張是撲克牌遊戲的一種，盛行於華人地區，經常用來賭博。基本的牌型有「夫佬（一對加 3 張點數相同）」、「蛇（5 張數字連續）」、「同花順（5 張花色相同且數字連續）」等。

- **夫佬** 十三張的一種牌型，又作「俘虜」、「葫蘆」。英語為 full house，即一個對子和三張點數相同的牌所組成的五張牌。「夫佬」是英語 full 的音譯。

- **啤啤夫** 十三張排陣名稱，「啤」即一對，「夫」即「夫佬（葫蘆）」。因「啤」與表示身體歪斜的 pe[5] 諧音，故引指喝醉狀。

- **底牌** 撲克牌遊戲中沒亮出的牌。引指對外保密的真實打算、

想法、計劃。如商業談判中買方可接受的最高價格或賣方可接受的最低價格等。

- **二仔底**　「二仔」指紙牌中點數最小的牌。底牌是「二」，即沒有實力，比喻基礎薄弱，底子不好。

  （「二仔底」的歇後語是「死跟」。拿到「二」的底牌，勝算很低卻仍跟着對手下注，硬充有實力。意指誓死跟隨。）

六合彩

- **六合彩**　香港一種合法的賭博。賭博者買了彩票，選定 6 個數字下注，最後得獎號碼由公開搖獎決定。

- **金多寶**　從每次六合彩派出的獎金中扣出的累積基金。傳統節日或紀念日等多設有金多寶獎金，售賣該期彩票前會公佈巨額獎金數目。

  六合彩由香港賽馬會主辦，1976 年正式定名，投注形式是由 36 個號碼中選 6 個，2002 年起，改為由 49 個號碼中選 6 個，投注金額每注 10 元（最初每注 2 元）。最少選中 3 個號碼可得獎，獎金為 40 元；6 個號碼全中為頭獎，獎金根據當期和累計投注額而定。

  香港賽馬會 1982 年開設金多寶彩池，當時獎金為港幣 100 萬元。2015 年中秋節金多寶獎金為港幣 8000 萬元。

- **搖珠**　（用寫着數字的圓球）搖獎；搖出中獎號碼。

- **派彩**　對投注或買彩票中獎者分發獎金。

（九）　體育運動

在香港，大眾喜愛的體育運動，以球類活動最為普及，對足球和籃球的賽事，也甚為熱衷。以下列舉的主要是這方面的專門用語。

球類運動、球賽

- **波**　①球。這是英語 ball 的音譯詞。如：打波（打球）、踢波（踢球玩；踢足球）。②亦指球賽。如：睇波（看球賽）。

- **搓波**　球類運動做訓練或熱身時，把球來回打、托、傳。

- **波餅**　被球擊中稱「食波餅」，用球擊別人則稱「揼」。如：畀個波餅揼（砸）中。

- **波缽**　高幫的球靴，一般指足球運動鞋。這是英語 ball 和 boot 音譯的組合。

- **球證**　球賽的裁判員。

- **比數**　（比賽的）比分。如：香港隊大比數贏對方。

- **波經**　球賽的學問、戰術、經驗等及相關評論。如：好多報紙有波經專欄。

- **轉會**　職業運動員轉換效力的球會（足球俱樂部）。

- **keep**　盯；看守（球賽中使用盯人戰術時的用語）。

- **逆境波**　指在球賽失利的情況下打球。也可用於一般競賽或其他場合。

> 在電台或視像廣播中評述球賽，稱「講波」。在賽馬術語中，也有「馬經」和「講馬」。

- **拉布**   英語 filibuster 的意譯詞。①球賽中為保戰果而消耗比賽時間的一種策略，球員在比賽中只玩控球，不進攻，不射球。②引作政治術語。在議會中利用冗長辯論的策略，癱瘓議事，阻撓投票，以拖延法案通過。

籃球術語

- **走籃**   上籃；跑籃。

- **爆籃**   上籃；突破防守投籃。

- **入樽**   ①投籃命中。（球類比賽的進球，泛稱「入波」。②扣籃；灌籃。即手持籃球在籃球框上方把球使勁放進籃筐。亦叫「鋤樽」。

- **單擋**   擋拆配合。

- **針波**   爭球；跳球。這是英語 jumb ball 的音譯詞。

- **拆你屋**   源自英語 Alley-oop。指躍起接球後不落地而以連貫動作直接扣籃得分。

- **炒粉**   原指炒米粉條。比喻打籃球時投籃涮籃筐後彈出，指投籃失準。也可指（足球）射門不中、（排球）扣球出界等。

足球術語

- **單刀**   足球員憑着一個人的力量完成過人、射門等動作，即單刀球。

- **頂頭鎚**   頭球；用頭頂球攻門或傳球。

- **衝門**   足球比賽中一種犯規行為，指衝撞對方的守門員以影響其接球。

- **腳法**　指踢足球時用腳的技術、方法。

> 賽馬術語中的「腳法」指馬匹用腳跑路的方法。

- **插水**　假摔（指球員為了博取罰球假裝被對手侵犯倒地）。

- **撻 Q**　指足球員踢球時一腳踢空。引指因失誤而功敗垂成；失手。

> 「撻 Q」源於打枱球控制球桿失誤打空。（球桿俗稱 cue 棍，cue 讀音同 Q，故稱。）

（十）政治、社會

社會、政治方面的用語主要指跟政府架構、政府政策、議會及選舉政治、社會政治生態和事件等有關的詞彙。例如：

- **港**　香港的簡稱。如：港人、港府、本港、港隊。

- **港督府**　港英政府時期香港總督的辦公室和官邸。現稱為禮賓府。（「港督」為香港總督的簡稱，有時會戲稱「督爺」。）

- **特首**　「特區首長」的簡稱。指港澳特別行政區的行政長官。

- **財爺**　對香港財政司司長的俗稱。

- **官守議員**　港英政府時期由政府官員或公務員出任的行政局或立法局議員，與「非官守議員」相對。

  > 現任特區政府的行政會議成員同樣分為「官守」與「非官守」兩類。立法局引入選舉制度後，議員由選舉產生，再無官守議員。

- **官津學校**　由香港政府開辦的「官立學校」及提供資助的「津貼學校」的統稱。

- **官地**　政府所擁有的土地。

- **高院**　高等法院的簡稱。通常特指香港高等法院。

  > 香港特別行政區高等法院轄下包括原訟法庭和上訴法庭。1997年前稱為「香港最高法院」。

- **大狀**　大律師（訴訟律師）的俗稱。

- **法團**　一種法人組織，享有民事權利和承擔民事義務。如：業主立案法團。

- **廉記**　廉政公署的俗稱。簡稱「廉署」。

  > 廉政公署是香港政府於1974年設立的打擊貪污、舞弊和非法行為的專門機構，以肅貪倡廉為目標，獨立運作，僅對特區行政長官（以前是港督）負責。

- **高薪養廉**　給官員、公務員以較高的薪金，使其保持廉潔。是一種防止貪污受賄所實行的政策。

- **三讀**　立法機關通過法案的程序，因法案需要宣讀三次，故稱。這是英語 third reading 的意譯詞。（現香港立法會仍依此程序通過法例。）

三讀制度源於英國，以後為許多國家所仿效。過程是：一讀即提議者宣讀法案名稱或要點；隨即進入二讀，即法案交有關委員會審查和研究，然後重交議會辯論，並提出修改意見；三讀是進行文字修改和正式表決。

- **拉布**　英語 filibuster 的意譯詞。源為球賽術語，引指在議會中利用冗長辯論的策略，癱瘓議事，阻撓投票，以拖延法案通過。

- **抵壘政策**　1980 年以前港英政府實行的對成功進入市區的偷渡者不予拘捕遣返並准予居留的政策。

1970 年代到 80 年代初，大量偷渡者從中國大陸進入香港，1974 年政府實施抵壘政策，至 1980 年 10 月 23 日撤銷，自此，非法入境者一經拘捕會被立即遣返，稱為「即捕即解」。

- **即捕即解**　指對非法入境者一經拘捕就馬上遣返的政策。香港政府於 1980 年 10 月 24 日起實施這一政策，以此遏制偷渡之風。

- **拉人封艇**　舊時水上艇戶居民（蜑家）如犯了事，除了會遭拘捕外，還會被查封艇主的戶籍，謂之「拉人封艇」。現用於形容以嚴厲手段對付違法者。

- **三粒星**　香港居民永久身份證。因其正面左下角有三個星號，故稱。

- **雙非**　「雙非兒童」、「雙非嬰兒」的省稱。即在香港出生而父和母皆非香港居民（一般為內地居民）的兒童。（「雙非兒童」因在香港出生，故可取得香港永久居留權。）

- **龍獅旗**　以港英政府時期的盾徽為圖案的旗幟，由舊時的「香港旗」更改而來，去除左上方英國國旗圖案，保留香港盾徽。盾徽的設計左面是獅子、右面是龍，故稱。

- **跛腳鴨**　瘸腳鴨子。喻指任期快滿失去政治影響力的政府或立法機構。

- **法援**　「法律援助」的簡稱。指訴訟程序中，當事人因經濟能力之類原因無力承擔僱請律師的費用，可申請由政府僱請律師為其辯護，這種資助稱法律援助。

- **綜援**　「綜合社會保障援助計劃」的簡稱，計劃是針對低收入或無收入人士（或家庭）的一項社會福利措施，申請人須通過入息及資產審查。

  > 這項計劃於 1993 年實施，前身是「公共援助計劃（公援）」。

- **生果金**　香港政府給老人家按月發放的「長者生活津貼（65 歲或以上）」和「高齡津貼（70 歲或以上）」的俗稱。因其數額不多，僅能供一個月買水果之用，故稱。

- **落區**　特指官員、議員、競選者到基層活動。如：選舉前候選人都頻頻落區拉票。

- **擺街站**　在街頭設置攤位作宣傳活動（如散發宣傳品、喊話、徵集簽名等）。如：地鐵入口有人擺街站做選民登記。

- **洗樓**　喻指選舉期間候選人或助選團逐層逐戶地動員選民去投其一票。

- **掃街**　原指打掃街道、做清潔工，引申指競選者跑遍整個街區進行宣傳、拉票。

- **蛇齋餅粽**　舉辦「蛇宴」、「齋宴」，贈送「月餅」、「粽子」，這四種手段合稱「蛇齋餅粽」。比喻某些政黨、團體向基層市民施以小恩小惠以籠絡人心，換取選票。

- **鐵票**　選舉中某一候選人的忠實支持者。

- **種票**　為選舉而事先在預定參選地區培植力量或安插自己人成為地區合資格選民以增加票源。

- **撬票**　挖對手的票源。

- **箍票**　爭取或保住足夠的支持票數；拉票。

- **搬龍門**　原為足球術語，即搬動龍門以遷就足球球員進球。喻指某些人經常轉換説法或使用雙重標準，以改變對自己不利的狀況。

- **落閘**　「閘」指金屬捲門，「落閘」即把捲門拉下來，喻指關上大門，拒絕對方的要求：中央宣佈落閘，爭取選舉方法改革

的努力將落空。

- **抽水**　原指麻將等賭博場所或服務者向贏家提取報酬。引指沾別人的光。如：陳議員不請自來，分明想抽水，爭取曝光率。

- **起底**　又作「人肉搜尋」，即摸清別人的底細。

- **羅生門**　原為一日本電影名稱，指事情有不同版本。

- **擺上枱**　將別人的軍；把別人推出來承擔後果（讓別人處於尷尬、被動境地）。

- **擺軚**　即扭動方向盤。指形勢發生變化或立場轉變。又說「轉軚」。

- **離地**　即雙腳離地，浮在半空。形容人的想法和行為與現實世界脫節，意近「不食人間煙火」。

- **洗腦**　思想意識控制。即採用各種手段，有意圖地向人灌輸一種異於一般價值觀的思想，改變人原有的認識和態度，以符合操縱者的意願。

- **太平紳士**　港英政府時期，由港督委任的一種義務職銜。此職位於香港開埠初期已設立，初名非官守治安委員，以無官職而有社會名望之人充當。以其有一定社會名望而稱之為「紳士」，取其協助維持治安以期達至「太平」之意，故以「太平紳士」為名。此身份後來漸漸成一種榮譽，被委任的一般為社會名流、富商等。

  > 港英政府時期，沿用英國授勳及嘉獎制度，向有傑出貢獻的公民頒發榮譽頭銜和勳章，如官佐勳章（OBE）、員佐勳章（MBE）。獲爵級勳章者，可冠以「爵士（Sir）」頭銜。

- **荷蘭水蓋**　勳章的戲稱，一般指1997 年前港英政府頒發的勳章。因其外形似汽水（舊稱「荷蘭水」）的瓶蓋，故稱。

- **制服團體**　按規定穿着統一制服、組織嚴謹、講究紀律性並須進行步操訓練的青少年志願團體。

  > 香港主要的制服團體有童軍、少年警訊、交通安全隊、民安隊少年團、聖約翰救傷隊少年團、航空青年團等。不少制服團體歷史悠久，建立初期都是由英國的相關團體領導。制服團體往往與中小學合作，以學校作為編制單位，進行活動。

- **鳩嗚**　普通話「購物」一詞的粵語諧音。特指一種借購物為名的、以游擊方式聚集的群眾自發示威行為。「鳩嗚」讀音為 gau^1wu^1。

社會、政治事件，往往牽涉相關的人物，以下為部份例子：

- **事頭婆**　英女皇的代稱，含戲謔意味。因港英政府時期英國女皇是香港的元首，故稱。

- **阿爺**　爺爺；祖父。借指公家、官方、中央政府。如：政府上面有阿爺，未必輪到你話事。

- **省港旗兵**　特指由廣東偷渡或移民到香港後結夥作案的跨境犯罪團夥。

- **人蛇**　偷越邊界的人；偷渡者。這些人多數蜷縮一團，藏在船倉底層、火車貨卡裏面，像蛇似的盤屈着，故稱。（偷渡稱「屈蛇」、組織偷渡者的頭目稱「蛇頭」。）

- **船民**　由海上坐船到香港尋求居留的難民（主要指越南船民）。

- **水客**　又稱「水貨客」。往返境內境外幫人帶錢、帶貨以賺取酬金的人。現一般指攜帶非法貨品出入境的人。

> 「省港旗兵」為 1984 年上演的一部港產片，故事講述一群由廣州來港作案的匪幫。稱之為「旗兵」是因為劇中人物為文革時期廣州的「紅旗派紅衛兵」。

> 1975 年首批越南難民隨貨輪抵港，至 2005 年香港接收高達 20 萬船民。是歷來最龐大人道救援行動。1988 年政府把經濟難民定義為船民，1990 年代開始逐步遣返，其餘難民獲其他國家收容，部份獲准在香港居留。

- **維園阿伯**　對支持北京政府、反對民主派的年長男子的通稱。「維園」是「維多利亞公園」的簡稱，香港電台直播節目《城市論壇》逢星期日在這裏舉辦，一群長者經常到場，或在場外大肆喧嘩，與發言的民主黨派人士激辯，甚或騷擾其發言，被視為固執及激動的一群。

- **寶藥黨**　假借賣珍貴藥材誘騙購買的詐騙團夥。

- **揼頭黨**　在街頭用物件擊打受害者以搶走他人財物的匪徒。

（用手勒着他人脖子搶掠財物的為「箍頸黨」。）

- **執達吏**　又稱「執達員」或「執達主任」。負責傳達、實施法官判決的司法官吏、職員。其職責可包括強制收回物業、執行拘捕令等。

- **社工**　社會工作者的省稱。社會工作者是一種職業，職能是為有需要的人們解決因家庭、社會問題而產生的精神困擾、實際困難等問題，為受助者提供輔導、尋求援助。

- **一樓鳳**　個體的性工作者。又稱「一樓一鳳」、「一樓一」。香港法律禁止開設妓院，而妓院的定義是至少有兩個以上妓女。因此個體的性工作者便利用這一法律規定的漏洞經營。

- **同志**　指同性戀者。

- **雙失**　失學兼失業。通常指剛畢業的青年沒有升學或繼續進修，又沒有就業，終日無所事事。

- **量地官**　待業人士的戲稱。待業者沒事兒幹只能逛街，好像在用雙腳丈量土地，故稱。

（十一）警隊

香港的警隊，有自己特有的編制，不同人員的職位和級別，有不同的稱呼。警隊工作範圍廣泛，相關的用語很多獨特的地方，且有大量俗稱，如「差人、差佬」、「放蛇」等。

對警務人員的稱呼

對警察的稱呼，除了正式的名稱，也有各種通俗的叫法；警察中不同級別的人員，也有不同的稱呼。舉例如下：

- **警員**　警察；警務人員。

- **軍裝警員**　又可簡作「軍裝」。穿制服的警察。便衣警察則稱「便裝警員」。

- **雜差**　便衣警察的俗稱。

- **警司**　香港警察的警銜之一，屬於高級警官級別。

- **督察 / 幫辦**　香港警察的警銜之一。位在「警司」之下，「警長」之上。督察分三級：總督察，督察，見習督察。「督察」俗稱「幫辦」。

- **沙展 / 三柴**　英語 sergeant 的音譯詞。香港警察的警長職級（比一般警員高一級的一種警銜）。「沙展」俗稱「三柴」，因肩章有三道銀色 V 形條子，故稱。

- **員佐級**　香港警察中級階最低的一級，警員、探員屬於這一級階。

- **學警**　警察學校的學生。

- **差人**　警察的俗稱。

- **差佬、差婆**　對男女警察較粗俗的稱呼。

- **白鮓**　（指代）交通警察。

- **老差骨**　老警察，有多年警察工作經驗的人。

- **警花**　喻指警隊中漂亮的女警察。

- **有牌爛仔**　名正言順的流氓，喻指警察。

> 1960 年代，香港警隊形象低下，警察貪污受賄盛行，行為與流氓無異，不同的是他們有「皇家香港警察」的身份（有牌），名正言順作惡。

部門、組織別稱

警隊中的部門和組織，很多都有別稱，以下為部份例子：

- **反黑組**　香港警務處部門之一，專門對付黑社會。

- **重案組**　香港警務處部門之一，隸屬於警隊行動處的行動部，設於各警區專責調查嚴重罪案。

- **O 記**　香港警務處「有組織罪案及三合會調查科」的俗稱。O 是英語 The Organised Crime and Triad Bureau 的濃縮。

- **防暴隊**　香港警察機動部隊的別稱。其性質屬準軍事化的防暴警察，專門負責防暴、人群管制、災難救援等。因頭戴藍色帽子，又俗稱「藍帽子」。

- **飛虎隊**　香港特種警察部隊（特警）的別稱，隸屬警察機動部隊。專門負責有高度危險性（如拯救人質、拘捕有重型武器的匪徒）的特別任務。

- **水鬼隊**　香港警察飛虎隊（特警隊）屬下水上突擊隊的俗稱。

- **輔警**　指香港輔助警察隊，由社會各階層的志願人士組成，是一支受過訓練的警察後備隊伍，負責在緊急事故中支援正規警察。

- **水警**　香港警隊中專責水上巡邏、維持香港海域及離島安全的隊伍，也是香港警務處轄下的一個警區。

警務工作

與警察工作相關的用語，包括日常巡邏、處理罪案、設施裝備等，舉例如下：

- **警局**　警察局。又稱「警署」，俗稱「差館」。

- **行咇**　警察（在街道上例行的）巡邏。又作「行咇」、「行 beat」。「咇」是英語的 beat 的音譯詞。（兩名警察一起巡邏稱「行孖咇」。）

> 香港的警察局均稱「警署」，如「灣仔警署」；早期稱「差館」，按序號命名，如「九號差館」。現時全港警署連較小的警崗和報案中心計有六十多處。

- **出更**　（警察、軍人等）上班值勤。

- **陀鐵**　佩槍。「陀鐵嘅（佩槍的人）」多指警察。

- **放蛇**　（警察、記者等為掌握證據、信息而）隱瞞身份進行偵察或採訪。如：警察扮乘客放蛇（搜集司機濫收車資證據）。

- **落案**　涉嫌犯了刑事罪的人在警方那裏備案。

- **落口供**　警方記錄嫌疑犯或證人的口供。

- **留案底**　犯罪者的罪行被司法部門記錄存檔。「案底」，即犯罪記錄。留有案底者，日後的就業、出國旅行或定居等將受到影響。

- **抄牌**　警察檢查司機的駕駛執照並登記其號碼，記錄其違反交通規則的情況以備日後處理。

- **吹波波**　吹氣式體內酒精含量測試的俗稱。專門針對涉嫌醉酒駕駛的司機。

- **告票**　警察等執法人員對違反法例者發出指控的傳票或處罰通知。

- **牛肉乾**　香港警察對違反交通規則（如在禁停路段停車等）的車輛發出的罰款通知書，通常張貼在違例車的車身上。因其大小如一塊牛肉乾，故稱。

- **鐵馬**　①交通警察巡邏用的摩托車，借指交通警察。如：警察召喚鐵馬增援。②可以移動的鐵護欄。（警方維持秩序、控制人流經常使用的設施。）

- **水馬**　灌滿水的、做路障或隔離帶用的鞍馬形塑膠水箱。

- **水炮**　高壓水龍；高壓水槍。

- **襲警**　襲擊警務人員（刑事罪名之一）。

- **阻差辦公**　妨礙警察執行公務（刑事罪名之一）。

- **疑犯**　犯罪嫌疑人。

- **派片**　向警察行賄。

- **走鬼**　無營業執照的小攤販或非法勞工等，為躲避警察而逃跑。

- **冚檔**　警察搜查、查封非法經營的攤檔、商店。（大舉清剿匪徒的巢穴稱為「冚竇」。）

- **警權**　警察行使公務的職權。

- **差餉**　舊時指支付給警察的費用；警務捐。現在則引指產業擁有者須向政府繳付的稅項（其額度按產業市值租金一定的百分比來計算）。

> 1950、60 年代，香港警察貪污盛行，非法經營場所（黃、賭、毒）及至無牌小商販等，均要向警察行賄（俗稱「派片」），以維持經營。

（十二）幫會用語

幫會即黑社會、黑幫，有時也用「社團」的稱謂代替。黑社會內部有自己專門用語，部份也為一般人認識，有些或轉化為一般場合使用。

黑社會組織、職位

- **黑道**　黑社會，與「白道」相對。黑社會人物（黑幫分子）稱「黑道中人」。

- **黑底**　黑社會的背景。

- **行蠱惑**　為黑社會做事。（「黑社會分子」又俗稱「蠱惑仔」，意即「街頭的小混混」。）

- **十四仔**　香港黑社會組織 14K 的會眾。

- **新義安**　香港三合會組織，為香港第一大黑社會幫派，由 1946 年赴港的原國民黨軍軍官向前改組而成，現龍頭職位仍由向氏後人世襲。

- **水房**　港澳黑社會幫派三合會組織之一「和安樂」的俗稱，亦稱「汽水房」。

- **堂口**　三合會（香港黑社會組織之一）的基層組織、分會。

- **坐館**　黑社會組織三合會的最高領導人，又稱「龍頭」或「話事人」。

- **香主**　黑社會組織三合會的骨幹。

- **白紙扇**　黑社會組織三合會裏掌管文書、財政或者出主意的人，意近「狗頭軍師」。

- **紅棍**　黑社會組織三合會的一個職級，其「職責」是在與其他黑幫打鬥時或懲罰內部犯規者時充當打手。

- **四九仔**　黑社會組織三合會的合眾，即經入會儀式入會者。

> 入會者均須背誦洪門三十六誓，四九相乘為三十六，故稱「四九」。

- **藍燈籠**　指「三合會」以簡易手段吸收入會的低層會員。

- **揸數**　黑社會組織中，掌管賬目的人。引指掌握財政權；管理財政。

- **睇場**　黑社會組織在對其勢力範圍內的營業場所經營者進行勒索、收取「保護費」之後，派若干大漢到這些場所維持秩序，以盡「保護」之責，此舉稱「睇場」，意為「看守場地」。也可指擔任此任務者，意近「保安員」。

- **嘜**　對黑社會大哥的手下的稱呼。（量詞用「條」。如：你要好好管教你條嘜。）

黑社會用語

- **轉會**　三合會專用術語。指某一成員經雙方同意轉換至另一三合會基層組織。

- **講數**　黑社會組織間，爭端雙方（或再加上中間人）進行談判。又引作一般場合用。

- **安家費**　黑社會組織成員因犯罪潛逃或入獄後，該黑社會組織發給其家屬的生活費。

- **洗底**　黑社會組織的成員向警方自首，放棄其成員身份，即「洗脫黑底」之意。

- **和頭酒**　原為黑社會用語，指雙方為解決糾紛、表示和好而設的酒宴，也指為矛盾雙方勸和而設置的酒宴。

- **着草**　被法律追究而逃亡；逃命。

- **劈友**　又作「開片」。即用長刀打群架；聚眾鬥毆；持刀械鬥。

- **晒馬**　指聚集人馬向對方展示陣容。

- **揼冧**　幹掉。（「揼」即捅，「冧」即倒下。）

- **隻揪**　單挑；單打獨鬥。如：夠膽就同我隻揪。

- **照**　黑社會大哥的「保護」。引指有勢力者的保護、關照，意近「撐腰」。

- **大圈**　指廣州（原為黑社會用語，據說是廣州過去有城牆圍着有如大圈子，故名）。

> 由廣州及附近地區偷渡或移居香港後作奸犯科的青年人稱為「大圈仔」。

（十三）　醫療

醫療用語主要包括香港公私營醫療服務、中西醫診治方面的用語，以至各種病患的叫法。分別舉例如下：

醫療服務

- **私家醫生**　私人醫生（一般指在「私家診所」自行開業的醫生）。

> 香港的公營醫院稱「公立醫院」或「政府醫院」；相對的是「私家醫院」，又簡稱「私院」。

- **健康院**　指香港政府衛生署家庭健康服務轄下的母嬰健康院。

- **街症**　政府醫院門診的俗稱。（看門診因要輪候很長時間，故稱「輪街症」。）

- **急症**　急診。如：急症室、睇急症。

- **call 白車**　打電話叫緊急救護車。call 即以電話召喚，白車又稱「十字車」，指緊急救護車。

- **入廠**　字面意是進工廠修理，喻指進醫院住院治療。又稱「留醫」。

- **深切治療**　對重病傷患者所作的高度監護及醫療照料，所特設的病房稱「深切治療部（Intensive Care Unit，縮寫為 ICU）」。

- **青山**　香港地名，因精神病專科醫院「青山醫院」位於該地區，故常被用以來指代精神病院。如：入青山、青山放出來（暗喻患精神病）。

- **老人院**　養老院。

- **醫生紙**　醫生證明書。（一般用作請假條，又稱「假紙」。）

- **姑娘**　對女護士的尊稱，也引申指女性護理人員或社會工作者等。

- **打包**　①醫院對死者作包裹等善後處理。②把在餐廳飯店吃剩的菜餚裝好帶走。

病患

- **損**　（皮膚）破損；損傷。如：膝頭哥跌損（摔得膝蓋破了皮）。

- **拗柴**　扭傷腳腕子；腳崴了。

- **屈**　扭（傷）。如：～親條腰（扭傷了腰）。

- **甩骹**　關節脱臼。

- **頭赤（刺）**　頭疼；頭痛。

- **頭暈身熒**　頭疼腦熱，指身體不適或健康出問題。又作「頭暈身熱」。

- **生飛蝨**　長口瘡。

- **黐脷筋**　字面的意義是舌根黏住了，用以形容説話時舌頭控制不好，發音不清晰、不準確。意即「大舌頭」。

- **風癩**　風疹；蕁麻疹，是一種皮膚過敏症，病人身上會出現紅色腫塊，感到灼熱、痕癢。

- **扯蝦（痕）**　哮喘。又作「牽痕」。

- **生癪**　患疳積病。疳積是兒童常見病症，多因餵養不當或由其他疾病引起，患者會消瘦面黃、腹脹、髮枯、煩躁不安。

- **生蛇**　生帶狀疱疹，一種病毒性皮膚病。

- **生 cancer**　患癌症。cancer 讀作 ken^1 sa^2。

- **小腸氣** 疝氣；小腸串氣。一般病徵是在腹股溝或陰囊腫脹，患者多為男性。

- **痘皮** 麻子（人出天花後留下的疤痕）。

- **暗瘡** 粉刺，俗稱青春痘。

- **倒眼** 鬥眼；內斜視。

- **智障** 「智力障礙」的簡稱。指智力發育不健全（弱智）。

- **傷健人士** 傷殘人士的婉稱。

- **老人癡呆** 腦退化症，患者多為老人，故稱。

- **發青光** 青光眼（一種眼部疾病）。

- **發羊吊** 發羊癇；發羊角風；癲癇發作。

- **發神經** 神經病。多引作責備人，指人瘋了。

- **發花癲** （因相思過度而）精神病發作。

- **發風** 患麻風病。

- **發雞盲** 患夜盲症。又作罵人語，意近「瞎了狗眼」。

- **發雞瘟** 雞發病，感染疫症。又作「發瘟」，罵人語，指人糊塗，失常，神經病。

- **爆肺** 氣胸。

- **爆血管** 血管爆裂。通常指因腦血管爆裂而中風。

診治

- **睇醫生** 看病；找醫生。

- **睇症** （醫生給病人）看病；診治。如：醫生義務睇症。

- **驗身**　全身檢查；體格檢驗（簡稱「體檢」）。

- **照肺**　①用X光透視肺部。②引申為被訓斥；被罵。如：畀老闆照肺。

- **吊鹽水**　打點滴；靠輸鹽水維持生命。又比喻（在經濟困難時）艱難地維持。

- **洗肚**　（用腹膜透析療法）洗腎。

- **洗胃**　對因飲食而中毒的病人或服毒者所作的一種治療，因要把胃部的物質清洗乾淨，故稱。

- **探熱**　量體溫。「探」即量，從量度的不同部位，可分「口探」和「肛探」等。

  > 體溫計稱「探熱針」。

- **通波仔**　做心血管支架的微創手術。

- **磁力共振**　即磁共振成像；磁振造影。是一種掃描造影技術，能精確透視人體內部組織，可準確判斷病情。

- **剝牙**　拔牙。

- **斷尾**　根治；徹底治癒。

- **埋口**　傷口癒合。

- **藥水膠布**　止血貼；創可貼；OK繃。

- **藥丸**　（西藥）藥片。「丸」變調為 jyn^2。

  > 粵語把「藥片」和製成丸狀的「藥丸」，都一律稱為「藥丸」，不作區分；後者或稱為中藥丸、蠟丸。
  > 「丸仔」則特指製成藥片狀的軟性毒品。

中醫

- **睇脈**　看病；診治（特指中醫）。

- **藥材舖**　中藥店。

- **執藥**　抓藥，通常指抓中藥。又作「執茶」。

- **煲藥**　煮中藥；熬中藥。（熬中藥用的藥鍋，稱「藥煲」（中藥罐）。

- **涼茶**　清涼去火的藥劑。

- **涼茶舖**　專賣清涼茶的小店。現在的「涼茶舖」一般還售賣龜苓膏以及茶葉蛋等小吃。

- **熱底**　熱性體質；有火氣。

- **寒底**　寒性體質；（身體）虛寒。

- **寒涼**　寒性（指食物）。如：苦瓜好寒涼。

- **心火盛**　指體內氣血亢盈，心煩氣躁。引指煩躁不安而遷怒於他人。

- **燥火**　上火，又作「燥熱」。常見症狀是咽喉痛、嘴唇乾裂、皮膚乾燥等。

- **指壓**　用手指力壓某一穴位。如：腳板指壓治療。

- **急驚**　急驚風。

- **湯藥**　原指中醫藥劑，借指治療費、醫藥費。又作「湯藥費」。如：打傷人要賠湯藥。

- **湯水**　泛指（久熬而成的）湯。如：天熱，飲多啲湯水。

- **生冷**　沒有煮熟過的瓜菜、水果，或雪糕、冰淇淋等冰凍食品，其性質均屬「生冷」，統稱為「生冷嘢（生冷東西）」。

（十四）　電腦網絡用語

互聯網常用語

近年出現大量網絡用語，在香港，也有不少本地流行的術語，舉例如下：

- **巴打**　又作「爸打」，英語 brother 的音譯。為網絡討論區會員間的互相稱呼，意即兄弟。（女性之間稱「絲打」，為英語 sister 的音譯。）

  > 網絡討論區成員還有各種不同的稱呼，如「樓主」，指第一個發帖人；「樓上」，指在自己之前留言的人；「小白」，指不知就裏、自作聰明、亂説話的人等等。

- **滴汗**　源於漫畫人物臉上掛着大滴汗水的形象，借作形容無奈、尷尬、詫異的感覺（後衍生出相關的表情符號）。

- **毒男**　源自日語，又作「獨男」，指欠缺社交能力、沒有異性緣的單身男性。

- **秒殺**　指網絡遊戲中瞬間擊敗或殺死對手，令對方來不及反應。引指在很短時間內解決問題。

- **洗版**　又作「炸版」。指在網絡討論區中短時間發放大量重複或無意義的信息充斥版面，目的是阻礙正常信息呈現。

- **神級**　電子遊戲用語。最高級別；最高境界。引指很厲害；水平極高。

- **潮文**　以舊新聞、傳聞或廣受關注的社會事件為內容而寫成的文章或故事。

  > 「潮文」一般能於網民間迅速傳播，也經常被改寫成不同版本，甚至改編成歌曲和拍成短片。

- **add**　電腦社交網站用語。加上；加入為（朋友）。

- **cap 圖**　又稱「截圖」，即從電腦擷取圖片、網頁畫面、影像畫面等。cap 是英語 capture 的省略。

- **like**　社交網站中表示讚好的標誌，又稱「讚」。（點擊 like 的標誌稱為「畀（給）like」；博取別人給「讚」稱為「呃（騙）like」。）

- **post**　又簡作「po」，或寫作「鋪」。post 讀作 pou[1]。① 帖子；話題（特指在社交網站上載的文字、文章）。如：開 post（發帖）。② 發表；貼（特指在社交網站上載圖文或影片）。

- **十卜**　英語 support 的諧音詞，表示支持的意思。又寫作「十扑」、「十仆」。

電腦、電子產品術語

在香港，電腦、電子產品的術語很多都直接使用外語説法，或改造為音譯詞，而書寫時，一般都用英文原詞或字母表示。例如：

- **apps**　智慧型手機軟件應用程式。讀作 ep[7] si[2]。或只稱 app。

- **click**　電腦術語。點擊（用滑鼠在電腦屏幕上選擇目標）。讀作 kik[7]。

- **芒**　熒光屏；（電腦）顯示器。這是英語 monitor 的省略後的音譯。讀作 mon[1]。

- **G（激）**　電腦儲存器容量單位 gigabyte 第一個音的音譯。又寫作 G 或 GB。讀作 gik[7]。

- **down機**　電腦死機；當機（電腦突然不能正常運作）。「down」是英語 shutdown 的省略。

- **手指**　電腦所用的閃存盤；U 盤。

（十五） 俚俗用語

粵語中的俚俗用語很豐富，一般稱為俗語的，包括表述行為情狀等的熟語或對人、事的俗稱；俚語則指一般時下流行語，或較粗俗的語言，還有用作罵詈語的粗話。常見的例子如下：

情狀、行為

- **骨痹**　肉麻。

- **起痰**　起壞心；起邪念。如：一見靚女就起痰。

- **孻嘢**　惹上了麻煩事兒；被抓獲。

- **唔順超**　不順眼；不服氣。「超」是怒視之意。

- **蚊都瞓**　蚊子都睡着了，比喻太晚、太遲，用法近似於「黃花菜都涼了」。

- **蛇都死**　無可挽救了；甚麼辦法也不行了。

- **磅水**　交錢；給錢。（粵語以「水」喻錢財。）

- **燉冬菇**　喻指降職或不予提升。

- **釘蓋**　釘上棺材蓋子，即「死」之意，亦簡稱作「釘」。

- **較腳**　走；離開。亦可簡稱作「較」。

- **搣鷓鴣**　原指獵人用鳥籠裝着雌性鷓鴣誘捕雄鳥，喻指行騙。

> 「燉（dan⁶）」與「拕（dan³）」諧音，「拕」有跌的意思。「冬菇」一說，源於香港早期華人警員所戴的帽子狀似「冬菇」，「燉冬菇」原指警員原為便衣警探，而上級命令他穿回軍裝，意即降級。

- **割禾青**　禾苗還未長大便提早收成，比喻在賭局中贏了錢便想提早開溜的行為。

- **企街**　特指妓女在街道上伺機兜攬嫖客。

- **箍煲**　把破裂的砂鍋重新修補起來，比喻採取補救措施以挽救已經破裂或已有裂痕的夫妻關係或戀愛關係。

- **買起**　僱（或派）殺手殺人；懸賞殺人。如：佢搵人買起你（他找人幹掉你）！

  表述吸毒或濫用藥物行為的詞語還有：索 k（吸氯胺酮）、揩野、take 野。

- **啪丸**　又稱「啪丸仔」，即服用軟性毒品。（用注射器打毒品針則稱「啪針」。）

- **收嗲**　閉嘴。「嗲」代表茶，借指「口水」，「收嗲」意為不要再噴口水，即不要多言。

  「嗲」音 de¹，即為閩語和潮語中「茶」的發音，粵語有謂「口水多過茶」，故以「de¹」喻口水。

- **收到**　知道了；明白了。「收」意為接收。

- **收皮**　指斥別人，讓別人閉嘴或停止某種行為。

- **跳灰**　賣海洛英。「跳」本為「糶」，賣出的意思。

- **擦**　吃。如：大擦一餐。

- **鋤**　埋頭幹某事。如：考試前至嚟鋤書（考試前才來埋頭讀書）。

- **吹乒乓**　奈何。用法近「吹脹」，又可作「吹唔脹」。意近「拿我怎麼樣」。

- **搵老襯**　騙人。「搵⋯⋯老襯」即「讓⋯⋯上當吃虧」。

- **搵米路**　找生計；找活路。

對人的指稱

（1）仔、佬、婆、女、妹

- **雜種仔**　混血兒。多含貶義，有時用作咒罵語。

- **番書仔**　留學外國的學生；舊時也指就讀於香港英文學校的學生。

- **竹升仔**　喻指在中國出生但在外國長大，對中國文化或外國文化都半通不通的華人男性。女性則稱「竹升妹」。

- **二五仔**　叛徒，有背叛行為的人。

- **裙腳仔**　在媽媽裙子邊長大的孩子（指過份依賴家人照顧、缺乏獨立性的孩子）。

- **姑爺仔**　指靠女人吃飯或發財的男子。尤指教唆或強迫女子賣淫而從中獲利的男子。

- **侍仔**　（男性）服務員（尤指餐廳中招呼客人或旅店中幫客人拎行李、負責清潔衛生的服務員）。

- **車房仔**　在「車房」工作的學徒。

- **泥水佬**　泥水工；泥水師傅。

- **商家佬**　商人；資本家；經營生意者。

- **虛佬**　氣虛體弱的男人。

- **四眼佬**　戴眼鏡的人。年輕男女則稱「四眼仔／妹」。

- **骨妹／骨女**　按摩女。

> 粵人過往習慣稱中外混血兒為「半唐番」，「唐」即唐山（舊時海外華人、華僑習慣稱中國為唐山）；「番」即番邦，指外國。

> 對美國出生的華人，人們戲稱為 ABC，這是英語 American Born Chinese 的縮寫。

> 以「仔」和「佬」作後綴的詞語常用作指稱從事某種工作的人，一般帶貶意。如：學師仔（學徒）、洗頭仔（理髮店洗頭工）、教書佬（教書匠）、收買佬（收破爛的）、豬肉佬（賣豬肉的）、鬥木佬（木匠）、補鞋佬（鞋匠）。

> 按摩院又俗稱「骨場」。某類骨場會提供色情服務，俗稱「邪骨場」。

- **點心妹**　舊時稱在茶樓賣點心的年輕女服務員。「妹」變調為 mui^1*。

> 以「妹」和「婆」作後綴的詞語，也會用作指稱從事某種工作的女性，一般帶貶意。如：工廠妹、垃圾婆。

- **黃面婆**　男性對自己妻子的蔑稱（僅用作他稱），即黃臉婆。也俗稱「煮飯婆 po^2*」、「湊仔婆 po^2*」。

（2）別稱、俗稱

- **阿燦**　為 1979 年電視劇《網中人》中一個來自大陸的新移民角色，形象帶土氣。後引申用以指代這類新移民。此稱呼帶譏諷意味。女性則稱「燦妹 mui^1*」、「燦婆 po^2*」。

- **波牛**　喻指沉迷於踢球或打球，無心向學的青少年。

- **波霸**　指乳房很大的女人。「波」喻大乳房。

- **北姑**　指從大陸（香港以北）來港的青年女子，又特指從事皮肉生意的，或被包養為「二奶」的女子。

> 粵式菜餚有「北菇雞」，「雞」在粵語中借指妓女。這裏以諧音「北姑」指代這類女子。

- **傍友**　陪伴在有錢有勢者左右、佔便宜吃喝玩樂的人，意即幫閒、跟班。「友」變調為 jau^2*。

- **伯父**　對老年男子的稱呼，「父」變調為 fu^2*，帶貶義。如：呢條伯父（這老不死的）。

- **大狀**　大律師（訴訟律師）。

- **大茄**　大茄喱啡演員（小角色）的省稱。指演出機會相對較多的小角色。

- **得哥**　1986 年香港家庭計劃（節育計劃）宣傳片中虛構的模範丈夫形象，引指採取了節育措施的男性。

- **鐸叔**　吝嗇鬼；小氣鬼。

- **豬頭炳**　又蠢又醜的人。

- **豬哮**　蠢豬；笨豬（罵人語）。

- **花王**　花匠；園丁。

- **福頭**　愚笨的人；笨伯。

- **咖啡妹**　指代查抄違例停車的女交通警察，因其通常穿着一身咖啡色制服衣裙，故稱。「妹」變調為 mui^1*。

- **雞**　妓女的俗稱。如：做雞、叫雞（召妓／嫖妓）。

  > 「雞」為「妓」的諧音。男妓則稱「鴨」，與「雞（妓女）」相對。

- **雞蟲**　風流客；嫖客。

- **金山阿伯**　又作「金山伯」或「金山客」。北美老華僑，特指旅美歸國老華僑。

  > 「金山」最早指美國舊金山市（三藩市），後泛指美國乃至美洲。以「金山」作名稱的還有「金山橙（美洲橙）」、「金山翅（三藩市出產的魚翅）」。

- **金手指**　歇後語為「篤人背脊」。用金手指戳人的背，借指在背後打小報告、陷害別人者。

- **高大衰**　傻大個兒。

- **港女**　具有某些不良特質（如拜金、自命不凡）的香港年輕女性。帶貶意。

- **港孩**　香港孩子，又稱「港童」。特指在家庭備受照顧、嬌生慣養而自理能力低的新生一代兒童。帶貶意。

- **煙帽隊**　消防隊中配備防毒面罩專門負責進入火場滅火、救人的隊伍。

- **羊牯**　傻瓜；傻冒。

- **茄喱啡**　跑龍套的；無關緊要的小角色。這是英語 carefree 的音譯詞。

  > 粵諺有「男人四十一枝花，女人四十爛茶渣」，譏諷女人四十歲就沒人要了。

- **爛茶渣**　已經沖泡過的茶葉渣，喻指沒人要的東西。

- **嘅**　對黑社會大哥的手下的稱呼。「嘅」變調為 leng^1*。如：佢條靚（他的手下）。

- **撈女**　從事賣淫行業的女子；妓女。

- **老記**　記者。

- **老舉**　妓女。（舊稱妓院為「老舉寨」。）

- **老編**　（報社、出版社的）編輯。

- **老嘢 / 老坑**　老東西；老傢伙。

- **文雀**　扒手。「雀」變調為 dzoek^2*。

- **咪家**　整天啃書本的人。

- **木嘴**　撅起嘴巴的樣子。借以取笑人呆笨；或用作罵人語。如：呢條木嘴成日喺度搞搞震（這傢伙整天在這兒搗亂）。

- **婆乸**　女人；小婦人。意近「娘兒們」。

- **婆乸**^{2}　「婆」讀變調 po^2*。婆娘；娘們（多指上了年歲的婦女）。帶輕蔑意味。

- **沙灘老鼠**　在沙灘向泳客財物下手的竊賊。

- **水鬼隊**　香港警察的飛虎隊（特警隊）屬下的水上突擊隊。

對事物的俗稱

（1）港幣

- **金牛**　面額為 1,000 元的港幣紙鈔，因鈔票為金黃色而得名。

- **大牛**　面額為 500 元的港幣紙鈔。

- **紅底**　面額百元的港幣紙鈔，因鈔票為紅色而得名。又作「紅衫魚」。

- **青蟹**　面額十元的港幣紙鈔，因鈔票為青色，故稱。（最新發行的紫色十元紙鈔，稱「花蟹」。）

- **大餅**　通常指代 1 元硬幣，後也用於指 2 元、5 元硬幣。（另一意思為「盤子」，如「幫人洗大餅」，即給人家洗盤子。）

對硬幣特別是小額硬幣，通稱「散紙」或「碎銀／銀仔」。幣值最小的五仙硬幣稱「斗零」（1989 年停用），「毛」的硬幣稱「毫」。

- **蚊雞／雞士**　量詞。元；塊（錢）（適用於數額不大且為整數的錢。）

不同的數額各有俗稱：
一元：一蚊雞、一皮
十元：一草嘢、一條嘢
百元：一嚿水
千元：一搣水、一叉嘢
萬元：一盤水、一皮嘢、一餅嘢、一個
百萬元：一球、一百粒

（2）　其他

- **十字車／白車**　救護車，車廂為白色，漆有紅十字，故稱「十字車」，又稱「白車」。

- **黑箱車**　收屍車；殯葬車。因其車廂漆成黑色而得名。

- **叮叮**　指代電車。早期電車響號發出「叮叮」聲，故稱。

- **熱九**　指沒有空調的公共巴士。這是「熱狗」的諧音詞。

- **良民證**　無犯罪記錄證明書（在某些情形下申請就業、移民、留學等須具備的證明材料之一）。

- **沙紙**　文憑、畢業證書或學位證書，又作「cert」。「cert」為英語 certificate 的省略。

- **大信封**　解僱通知。因通常將其裝於一大信封內，故稱。

- **糧**　工資；薪水。如：出糧（發工資）。

- **鞭**　雄性動物的生殖器官。如：三鞭酒（三種雄性動物陽具炮製的壯陽補酒）。

- **炮** 又作「炮仔」，借指槍。

- **老西** 西裝。

- **雞腸** 喻指英文；洋文。因書寫時字母線條卷曲相連，狀如雞腸，故稱。

當警察俗稱為「陀炮」，指其有佩槍。「揼炮」則指警察辭職不幹，字面意義為「把槍一扔」，後引申為一般用法，即「憤而辭職」之意。

俚語

- **丙** 打（人）。

- **打飛機** （男性）手淫。

- **撻朵** 又說「響朵」。高聲說出或亮出自己的後台勢力以獲取別人尊重從而取得利益或方便。「朵」指有身份的人的名字。

- **噍完鬆** 吃完了就走人。「噍」即「嚼」，「鬆」即「溜」、「走」。專指男人玩弄女性後一走了之。

- **鎅女** 以引誘挑逗的手法結識女性。

- **去 P** 參加派對（舞會）。P 為英語 party 的縮寫。

- **潤** 諷刺；挖苦。又作「瘀」。如：唔好潤／瘀我喇（別挖苦我了）。

- **溝** 勾引；勾搭；結識（男女朋友）。

- **乜春** 同「乜嘢」，語氣較粗俗。「春」原指陰囊。

- **問候** 為「問候你阿媽」之省，指用粗話辱罵人。（「問候你阿媽」為「屌你老母」的替代說法。）

- **索** 形容女性性感、有誘惑力。如：好索（真誘惑人）、索女（性感女人）。

- **數**　變調為 sou⁴*。「着數」的省略，即便宜、好處。如：有冇數（有沒有好處呀）？

- **識 do**　又作「識做」。會做人；知趣；明白該怎麼做。

- **升呢**　層次、檔次上升；升級。該詞原為網絡遊戲用語，英語為 level up，「呢」為 level 頭一音節的音譯。

- **頹**　頹廢；消沉；委靡。引申為敷衍；得過且過。

- **頹飯**　大學流行用語，指用料單調、烹調方法簡單的低檔飯食。

「頹飯」是2000年代初在各大專院校流行的一個術語，泛指學生食堂售賣的簡便低廉的快餐。頹飯的用料主要是煎雞蛋、火腿片、香腸和午餐肉，款式每天不變，只改換搭配，但求填飽肚子，價錢維持在10-15元。因為製作得過且過，故以「頹」來形容。

- **挑機**　挑戰對方。源於電子遊戲，指對戰雙方，一方向另一方提出挑戰。

- **超**　副詞。非常；極。如：呢齣戲超好睇。

- **wet**　（去）玩兒；找樂子。如：今晚去邊度 wet（今晚到哪兒找樂子）？

- **屈機**　原為玩電子遊戲機用詞，指利用遊戲程序的某些漏洞讓對手毫無反擊之力地陷入失敗境地。①引指迫使對手無力反抗。如：屈佢機（把他打趴下）。②引作形容強方的強勢狀態。如：佢勁屈機（他的氣勢可厲害了）。

粗話

粵語主要的幾個粗話詞語，都有以門字作部首的寫法，有所謂粗口五大字：「撚」（閪）、「屌」（閊）、「鳩」（閦）、「屄」（閪）、「柒」（閊）。

- **屌（閊）**　音 diu²。①（發生性關係的粗俗說法），也用作罵詈語。如：屌佢老母（操他媽的）！②作歎詞，表示對他人的不滿。

- **屌那媽**　罵詈語。操你媽的（粗話）。
這是粵語中最常見的罵人話，被稱之為「省罵」。

- **鳩（閪）**　音 gau[1]。男性生殖器，陽具。粗話，通常用作罵詈語；亦常夾在詞語中間作加強語氣用。如：做乜鳩嘢（做啥）！

- **膠**　借代或暗示粗話「鳩」。

- **撚（𡁻）**　音 lan[2] 或 nan[2]。男性生殖器；陽具。

「屌那媽」又寫作「丟那媽」，一般為文字形式，由口語「屌你阿媽」簡化而成。口語衍生出的說法還有「屌你老母」、「你老母」和轉音形式的「你老味」、「你老闆」。

- **屄（閪）**　音 hai[1]。對女性外生殖器官的粗俗叫法。

- **柒（閟）**　音 tsat[9] 或 tsat[7]。男性生殖器；陽具。①粗話，通常常用作罵詈語，常夾在詞語中間作加強語氣用，意同「鳩」。如：碌柒（一根陽具）。②形容人笨拙、頭腦不靈活。如：柒頭柒腦（笨頭笨腦）。③在動詞之後，表示否定的態度（常與量詞「碌」連用。意近「……個屁」。如：你識碌柒咩（你懂個屁呀）！

- **冚家鏟**　罵詈語。全家死絕。又說「冚家拎」、「冚家富貴」。

- **仆街**　①罵詈語，意近「死鬼」。即死在路上、街上，不得好死之意。②作補語以表示程度很深，意近「要死」、「要命」。如：做到仆街（幹活累得要命）！

「仆街」又常以粵語讀音縮寫 PK 表示。

（十六）　地域特色

粵語地區的獨特自然氣候環境和風土人情，往往也反映到語言系統裏，產生一批地方特有詞彙。

冰和雪

粵語地區基於溫帶的地理環境，氣候溫暖，冬天沒下雪現象，雪與冰的概念有時不區分，反映在詞彙中，常有把冰稱作雪的情況，如用冰冷藏稱為「雪藏」。其他例子還有：

- **雪**　① 冰。（旱冰鞋稱為「雪屐」，人造冰稱為「生雪」。）② 冰鎮；冷藏；凍。如：雪住慢慢食（冷藏起來慢慢吃）。

- **雪藏**　冰鎮的；冷藏的。如：雪藏汽水（冰鎮汽水）。（引申為有意不讓人公開露面或參與活動，常指演員被冷落，不讓其上鏡頭。如：某藝員因得罪高層而被雪藏。）

- **雪糕**　冰淇淋。

- **雪糕批**　冰棍狀的冰淇淋。

- **雪條**　冰棍兒。

- **雪櫃**　冰箱；電冰箱。

> 粵語中「冰箱」指作速凍或冷藏用的箱子，也可指電冰箱的速凍箱。

- **雪水**　① 冰冷的水。② 凍雨；天氣特別寒冷時下的雨。

- **雪珠**　冰雹；雹子。

- **雪種**　（空調機、冰箱等的）製冷劑；氟利昂。

- **走雪 / 走冰**　（飲料裏）不放冰塊。

- **冰格**　電冰箱的速凍箱，又可稱作「冰箱」。

- **冰室**　冷飲店。

「水為財」

粵語中「水」有「錢財」義，「水為財」成為口頭譚。日常用語中，有不少包含「水」的詞語，以水代表錢。例子如下：

- **水**　①錢；錢財。②飯；飯碗（謀生的行當、門徑。通常指非法的行當）。如：呢條水係我食開嘅（這飯碗是我在吃着的）。

> 粵語有口頭禪「水為財」，即水代表錢財。「水」也常用於金額的俗稱，如一撇水（一千塊錢）、一盤水（一萬塊錢）。

- **制水**　原指食水管制，或暫停食水供應，引指限制或終止經濟上的資助、供應。

- **磅水**　交錢；給錢。

- **回水**　把錢拿回來；退錢。

- **度水**　向人要錢；借錢。

- **撲水**　到處籌款；調頭寸。

- **掠水**　搜刮錢財。（多指機構、財團、商戶等欺騙客戶的手法。）

- **疊水**　（比喻）錢很多；很富有。

- **補水**　加班費。

- **水浸**　原指被水淹沒、水患、水災，後引申喻指銀行等機構資金過剩。

- **水乾 / 水緊**　比喻缺錢；手頭緊。

- **大水喉**　水喉即水管，比喻供給錢財的源頭。「大水喉」喻指錢很多的人，如富翁、大款等。

- **水位**　指某個價格升跌的空間，如「呢隻股票有水位」即指股票還有上升空間。

- **食水深**　（輪船）吃水很深，比喻牟取暴利；賺得太狠。

- **縮水**　原指布料、衣服浸水後稍微縮短、縮小。喻指金錢貶值。

> 粵有歇後語「新澤西——食水深」。新澤西指美國戰艦「新澤西號」，因排水量大（吃水深），而香港維多利亞港水淺，故該艦只能泊於港外。其後一段時間，人們以「新澤西」喻指「食水深」。

涼和暑

粵語地區夏季天氣炎熱，衍生了以下跟降溫有關的詞語：

- **沖涼**　洗澡。（無論水是冷的還是熱的，洗澡也一律稱「沖涼」。如可以說「沖熱水涼」。）

- **涼茶**　指廣東涼茶，即清涼去火的藥劑。（專門售賣涼茶的店舖稱「涼茶舖」。）

- **涼水**　用清涼去火的食物熬成的飲料。如：用綠豆煲涼水。

- **的確涼**　滌綸紡織物（的確良）。這是英語 dacron 的音譯意譯詞。

- **歇暑**　暑假休息。多用於賽馬，特指香港馬場在夏季（一般是7-8月）停止賽事，讓馬匹休息。（此詞不同於「歇涼（乘涼）」。）

其他

其他跟地理、風俗人情有關的詞語還有：

- **拍拖**　談戀愛；交男朋友或女朋友。

- **飲茶**　到酒樓茶館去喝茶、吃點心，
為廣東飲食文化的一大特色。

- **遊船河**　坐船在水上遊覽。又作「遊河」。
「河」變調為 ho²*。

- **對面海**　特指香港維多利亞港水域對岸。

原指在江河航運中兩船由一機動輪船拖帶並排航行。

舊時的茶樓也稱「茶寮」或「茶居」。今已逐漸與「酒樓」合流。「飲茶」一般指飲「早茶」，上午時段謂之「茶市」。

因地處沿海，江、河、海常混淆使用，凡來往兩岸，皆說「過海」，一般指往返九龍香港兩岸。

（十七）忌諱

在香港，特有的社會生活環境形成一批獨有忌諱語。這些詞語中很大一部份跟粵語讀音有關，人們喜歡「好意頭（彩頭）」，因此，刻意改變用字，避開字音帶來不好的聯想。常見的例子如：

- **吉**　空；空的。如：吉屋（空屋）、吉車（空車）、吉包（空盒子／空袋子）。（粵語「空」與「凶」同音，故為避諱而改以「凶」的反義詞「吉」表示「空」的意思。）

- **交吉**　房屋買賣中，售賣方把已騰空（無人使用）的房屋交予買家，完成交易。

- **得個吉**　一場空；落空。

- **膶**　肝；乾。變調為 joen^2*。（廣東人忌諱「乾」字及其同音字，因「乾」即「無水」，而「無水」在粵語中有「無錢」之意，故以反義的「膶」代替「肝」和「乾」，取其與濕潤的「潤」同音，口語讀變調 joen^2。）

- **豬膶**　豬肝。

- **膶腸**　用豬肝和豬肉做成的香腸。

- **豆腐膶**　豆腐乾。（人們常以「豆腐膶咁細」比喻面積小，多用於形容房子小。）

- **脷**　舌頭。如：豬脷（豬舌頭）、黐脷根（大舌頭）。（粵語「舌」與「蝕本（即蝕本）」的「蝕」同音，故為避諱而改以「吉利」、「盈利」的「利」字加月旁構成「脷」字。）

- **豬紅** 豬血。（廣東人從趨吉避凶心理出發而諱言「血」字，故改以「紅」字代替「血」字。除了「豬紅」，常説的還有「雞紅」。）

> 豬紅特指由豬血製成的食品，通常切成塊，狀似豆腐，普通話統稱這類動物血做成的食物為「血豆腐」。香港常見的豬紅食品有「豬紅粥」和「豬紅豬皮蘿蔔」。

- **勝瓜** 絲瓜。（粵語「絲」的讀音近於「輸」，為避諱而改以「輸」的反義詞「勝」來代替。）

- **通勝** 通書（粵語「書」的讀音近於「輸」，為避諱而改以「輸」的反義詞「勝」來代替。）

- **飲勝** 乾杯。（廣東人忌諱「乾」字，為避諱而改以「勝」來代替。）

- **通菜** 「蕹菜（空心菜）」的別稱。（廣東人忌諱「空」字，改以「通」來代替。）

- **涼瓜** 苦瓜。（因「苦」字不吉利，又因為廣東人認為苦瓜性寒涼，故改用「涼」字代替。）

- **嗰頭近** 意思為「離那邊很近了」，指離死亡不遠。

- **歸西** 死亡；去世。

- **過身** 去世；辭世。

- **唔喺處** 意思為「不在了」，指去世了；死了。又作「唔喺度」。

- **走咗** 意思為「走了」，指死了；去世；夭折。

- **釘** 「釘蓋」的省稱，以蓋棺的動作婉言人死。如「佢釘咗（蓋）（他死了）」。

- **壽板** 棺木板；棺材。又稱「長生板」。

- **壽衣** 死者入殮時屍身所穿的衣服。

（十八）　文言化用語

含文言元素的慣用口語

粵語的口頭語有粗俗的一面，也有文雅的一面。某些日常慣用的口語詞，分析其用字，很多都是來自文言，例如「其」、「之」、「然」、「乎」、「勿」等。以下是這些例子：

- **到其時**　到時候；到那時。例如：唔識唔緊要，到其時自然有人教你。

- **之不過**　但是；不過（較強調）。例如：我好想買，之不過太貴。

- **卒之**　終於。例如：卒之做完。

- **介乎**　在……之間；介於。例如：今日氣溫介乎 20 至 26 度。

- **於是乎**　於是（較強調）。例如：大家都冇晒辦法，於是乎叫警察幫手。

- **危危乎**　懸乎、危險的樣子。例如：佢企喺船邊，真係危危乎。

- **施施然**　慢條斯理的；慢吞吞；不慌不忙的。例如：過咗成個鐘頭，佢先至施施然嚟到。

- **假使間**　假如；假使。例如：假使間股票大跌，好多人就要破產。

- **猶自可**　還好；尚且可以。例如：佢唔講猶自可，講出嚟之後就激起大家把火。

- **姑勿論**　且不說……。例如：姑勿論誰是誰非，你瞞住大家就唔應該。

- **生人勿近**　形容人窮凶極惡，不要接近。例如：呢個人見人就鬧，真係生人勿近呀！

書面用語

在香港，書面語系統與現代漢語系統是一致的，但也有一部份詞彙超出「規範漢語」之外，如「得直」、「同儕」，它們多具文言色彩，並由於以粵語讀書的習慣，口語中也會使用這些詞語。舉例如下：

用於書寫的同時，也出現於口頭報道、對話中特定場合：

- **不值**　為被冤枉、受欺騙者而感到不平或惋惜，口語多作「唔抵」。例如：大家都戥佢不值（大家都為他忿忿不平）。

- **不文**　不文明，不文雅，特指下流的、黃色的。例如：不文動作。

- **得着**　收穫。例如：有好多得着。

- **指嚇**　以手槍一類的武器指向受害人以威嚇。

- **座駕**　對較有地位者的私人汽車的指稱。

- **座騎**　騎師出賽所騎的馬匹。

- **掌摑**　即「摑」，在別人臉上打一巴掌。

- **作賽**　出賽；參加比賽。

- **非禮**　耍流氓，調戲，猥褻。

- **交歡**　性交。

- **冥鏹**　燒給先人的紙祭品，也稱「金銀衣紙」。

- **揶揄**　嘲弄，譏諷。

- **搭訕**　攀談，勉強找話題交談。

- **口角**　吵嘴；不和。例如：初則口角，繼而動武。

- **耆英／長者**　對老人的雅稱。（對老人的俗稱為「老野」；而戲謔的説法為「老友記」。）

- **輪候**　排隊等候。

- **咬弦**　合得來；配合默契；協調（多用於否定形式）：老闆同董事長唔咬弦。

- **毅行**　遠足。例如：毅行者、毅行活動。

- **平沽**　廉價出售。

- **同袍**　同事，一般用於警隊。

- **同儕**　同輩，同伴；年齡、身份相近的夥伴。例如：提倡同儕協作學習，可改善教學效能。

- **春茗**　農曆新年為親朋聯誼所設的宴席。

- **盛惠**　謝謝（惠顧）。例如：盛惠三十蚊。

- **涉嫌**　有嫌疑；有……嫌疑（通常用作法律用語）。例如：涉嫌貪污。

- **涉案**　與案情有關的。例如：涉案人員。

- **承你貴言**　用以感謝他人的良好祝願的客套話。

- **表表者**　佼佼者。

一般只見於書面：

- **不俗**　相當好。例如：反應不俗。

- **不菲**　不少，一般指金錢上的大數量。例如：價值不菲。

- **得直**　（上訴後）推翻原判決；勝訴。例如：上訴得直。

- **定必**　必定。

- **豬隻**　豬的統稱。例如：豬隻供應。（同類的説法還有「狗隻」、「雞隻」。）

- **句鐘**　小時。「句」意即「個」。例如：一句鐘、半句鐘。

- **闔府統請**　府上諸人均在邀請之列（請帖常用套語）。

- **瞥伯**　愛偷窺女性更衣、沐浴、如廁的人。

- **薪俸**　薪金；工資。

  > 在香港，根據個人薪金收入繳付的税項稱為「薪俸税或個人入息税」（中國稱「個人所得税」）。

- **文雀**　扒手。

- **不文物**　陽具的婉稱。

- **油器**　油炸食物的總稱。

- **名媛**　上流社會名女人。

- **喜酌**　婚禮酒席。通常用作喜帖、酒席菜單等用語：敬備喜酌恭候。（男方辦的結婚酒席稱「梅酌」。）

- **欠奉**　不供應；不提供。例如：本店只供應飲料，酒類欠奉。

成語

港常用的四字詞中，有大量結構嚴謹，對比工整的成語，有些用字也十分優雅，舉例如下：

- **梅花間竹**　梅樹間又種着竹子，喻指兩類事物交替出現。如：兩個球隊梅花間竹咁入球。

- **七窮六絕**　形容人非常貧窮、困頓。又作「五窮六絕」。

  > 此語源自 1980 至 90 年代香港股市，因根據歷年股市升跌的規律，每逢五月開始跌市，六月再大跌，但到了七月就反彈，市場稱之為「五窮六絕七翻身。

- **投懷送抱**　指女人向男人主動親近及親密接觸。

- **頭崩額裂**　頭破血流；焦頭爛額。

- **偷龍轉鳳**　以欺騙手段暗中把原來的東西換掉；偷樑換柱；以劣充好。

- **開心見誠**　坦誠；掏出心裏話。如：有話大家開心見誠講清楚。

- **龍精虎猛**　生龍活虎。

- **眼乾睡濕**　形容母親料理嬰兒的艱辛，要照料睡覺、換洗尿濕的衣服被褥。意近「含辛茹苦」。

- **當時得令**　正合時宜；時令正好；吃香。

- **金睛火眼**　① 戲謔語。眼睛充血；疲累不堪。如：做記者成日都捱到金睛火眼 。② 喻精神高度集中；緊緊盯着。如：人人都金睛火眼望住。

附錄一：粵語拼音方案對照表

聲母

國際音標	《常用字廣州話讀音表》[1]	《粵語拼音方案》[2]	《廣州話方言詞典》[3]	《粵音韻彙》[4]	例字
p	b	b	b	b	巴
p'	p	p	p	p	爬
m	m	m	m	m	媽
f	f	f	f	f	花
t	d	d	d	d	打
t'	t	t	t	t	他
n	n	n	n	n	那
l	l	l	l	l	啦
tʃ	dz	z	j(z)	dz	渣
tʃ'	ts	c	q(c)	ts	叉
ʃ	s	s	x(s)	s	沙
j	j	j	y	j	也
k	g	g	g	g	家
k'	k	k	k	k	卡
ŋ	ng	ng	ng	ŋ	牙
h	h	h	h	h	蝦
kw	gw	gw	gu	gw	瓜
k'w	kw	kw	ku	kw	誇
w	w	w	w	w	蛙

韻母

國際音標	《常用字廣州話讀音表》	《粵語拼音方案》	《廣州話方言詞典》	《粵音韻彙》	例字
a	a	aa	a	a	阿
ai	aai	aai	ai	ai	唉
au	aau	aau	ao	au	坳
am	aam	aam	am	am	三
an	aan	aan	an	an	翻
aŋ	aang	aang	ang	aŋ	盲
ap	aap	aap	ab	ap	鴨
at	aat	aat	ad	at	壓
ak	aak	aak	ag	ak	額
ɐi	ai	ai	ei	ɐi	哎
ɐu	au	au	eo	ɐu	歐
ɐm	am	am	em	ɐm	暗
ɐn	an	an	en	ɐn	分
ɐŋ	ang	ang	eng	ɐŋ	盟
ɐp	ap	ap	eb	ɐp	急
ɐt	at	at	ed	ɐt	不
ɐk	ak	ak	eg	ɐk	厄
ɛ	e	e	é	ɛ	爹
ei	ei	ei	éi	ei	你
ɛŋ	eng	eng	éng	ɛŋ	贏
ɛk	ek	ek	ég	ɛk	尺
œ	oe	oe	ê	œ	靴
øy	oey	eoi	êu	œy	居
øn	oen	eon	ên	œn	津
œŋ	oeng	oeng	êng	œŋ	香
øt	oet	eot	êd	œt	出
œk	oek	oek	êg	œk	腳

國際音標	《常用字廣州話讀音表》	《粵語拼音方案》	《廣州話方言詞典》	《粵音韻彙》	例字
ɔ	o	o	o	ɔ	柯
ɔi	oi	oi	oi	ɔi	愛
ɔu	ou	ou	ou	ɔu	澳
ɔn	on	on	on	ɔn	安
ɔŋ	ong	ong	ong	ɔŋ	昂
ɔt	ot	ot	od	ɔt	喝
ɔk	ok	ok	og	ɔk	惡
i	i	i	i	i	衣
iu	iu	iu	iu	iu	腰
im	im	im	im	im	嚴
in	in	in	in	in	煙
Iŋ	ing	ing	ing	iŋ	影
ip	ip	ip	ib	ip	業
it	it	it	id	it	熱
Ik	ik	ik	ig	ik	益
u	u	u	u	u	污
ui	ui	ui	ui	ui	回
un	un	un	un	un	換
Uŋ	ung	ung	ung	uŋ	空
ut	ut	ut	ud	ut	活
Uk	uk	uk	ug	uk	屋
y	y	yu	ü	y	魚
yn	yn	yun	ün	yn	冤
yt	yt	yut	üd	yt	月
m	m	m	m	m	唔
ŋ	ng	ng	ng	ŋ	五

聲調

調類	國際音標	《常用字廣州話讀音表》	《粵語拼音方案》	《廣州話方言詞典》	《粵音韻彙》	例字
陰平	1	1	1	1	1	分
陰上	2	2	2	2	2	粉
陰去	3	3	3	3	3	訓
陽平	4	4	4	4	4	焚
陽上	5	5	5	5	5	憤
陽去	6	6	6	6	6	份
陰入	1	7	1	1	1	忽
中入	3	8	3	3	3	發
陽入	6	9	6	6	6	佛

1、《常用字廣州話讀音表》，香港教育署語文教育學院中文系編訂（1992）。
　　（本書採用之粵音系統）

2、《粵語拼音方案》，香港語言學學會（1993）。

3、《廣州話方言詞典》，饒秉才、歐陽覺亞、周無忌（1981，商務印書館香港分館）。

4、《粵音韻彙》，黃錫凌（1941，中華書局（香港）有限公司）。

附錄二：詞語總匯

（一）稱謂

阿爸

阿媽

老竇（豆）

老母

老頭子、老媽子

爹哋、媽咪

媽打

大媽、細姐

老公、老婆

老婆仔

太座

煮飯婆

黃面婆

太

二奶、阿二

阿大

阿哥 / 大佬

細佬

家姐

阿妹 / 細妹

仔、女

阿仔、阿女

仔女

阿䭴

細佬哥

啤啤

化骨龍

死仔包、死女包

阿爺

阿嫲

阿公、阿婆

阿伯

阿叔

阿姐

阿姑

阿嬸

阿嬋

哥哥仔

姐姐仔

前度

阿頭

阿四

鬼

鬼佬

紅毛鬼

西人

英國佬

日本仔

㗎仔

嘩囉差

賓妹

（二）飲食

食肆

茶樓

飲茶

一盅兩件

大牌檔

茶餐廳

碟頭飯

豉油西餐

扒房

搭枱

打邊爐

鋸扒

布菲

放題

燒烤

食齋

下午茶

宵（消）夜

飲

鵲（雀）局

住家飯

飯盒

叮飯

外賣

堂食

例牌

半賣

例湯

窩

起菜

大蓉、細蓉

香片

靚仔

油菜

炕底

加底

炒底

少甜

走糖

飛砂走奶

茶走

白粥

生滾粥

粥底

粉

米粉

河粉

瀨粉

伊麵

淨麵

撈麵

煲仔飯

海味

燒臘

臘味

蠔豉

乾瑤柱

鮑參翅肚

豬腸粉

油炸鬼

炸兩

碗仔翅

魚蛋

豬皮蘿蔔

豬紅

牛雜

煎釀三寶

煎堆

皮蛋

豬腳薑

燒賣

魚頭雲

糯米雞

公仔麵

杯麵

雲吞麵

缽仔糕

雞蛋仔

蛋卷（捲）

蛋散

梘水粽

鹹肉粽

裹蒸粽

西餅

蛋撻

方包

排包

菠蘿包

雞髀

雞翼

多士

西多士

糖水

紅豆沙、綠豆沙
豆腐花
糖不甩
糯米糍
涼粉
益力多
維他奶
阿華田
檸茶、檸水、檸蜜
齋啡
鴛鴦
涼茶
荷蘭水
唥汁
茄醬
豉油
蠔油
芥辣
鹹蝦
焗
熠（煠）
煏
煲
炆
炕
飛水
乾炒
走油

起花
起骨
起鑊
鑊氣
湯底
劏

（三）住屋

唐樓
木屋
石屎樓
洋樓
村屋
豪宅
徙置區
廉租屋
安置區
丁屋
私樓
政府樓
廠廈
商廈
發水樓
縮水樓
屏風樓
牙籤樓
蚊型樓

鹹水樓
短椿
板間房
梗房
劏房
眼鏡房
複式單位
籠屋
頭房
主人房
工人房
騎樓
天台
樓頂
樓底
樓陣
風力牆
危樓
閣仔
單邊
西斜
一梯兩伙
走火通道
通天
僭建
樓市
樓盤
樓花

樓蟹
樓契
樓齡
上車
上樓
首期
供樓
按揭
入伙
摸貨
撻訂

（四）金融股票

價位
低企
高企
回軟
掉期
買殼
低水
沽家
沽壓
沽盤
沽售
平倉
追倉
補倉

斬倉
套戥
好友
金魚缸
牛市
熊市
交投
牛皮
高位、低位
高開、低開
高收、低收
牛熊證
窩輪
紅籌股
細價股
紅股
供股
殼股
空股
孖展
老鼠倉
買盤
賣盤
除牌
停牌
配售
滑落
回挫

回穩
回吐
坐艇
大閘蟹
止蝕

（五）賽馬

跑馬
馬會
馬場
快活谷
馬圈
馬標
馬仔
馬房
練馬師
騎師
班頂
超班馬
馬王
馬主
拉頭馬
馬夫
馬經
馬報
馬季
馬迷

馬牌

投注

彩池

買馬

馬纜

落飛

鋪草皮

泥地、沙地

造馬

馬膽

獨贏

連贏

位置

三重彩

三T

孖寶

六環彩

心水馬

冷馬

叮噹馬頭

馬位

馬鼻

去馬

馬檔

搶閘

出閘

衝閘

大直路

（六）麻將

打麻雀

麻雀館

鵲（雀）局

鵲（雀）友

麻雀腳

三缺一

食糊

叫糊

截糊

食詐糊

食頭糊輸甩褲

食尾糊

自摸

摸王

密食當三番

開槓

海底摸月

卡窿

碱

筒子

索子

萬子

中發白

四萬嘜口

蝕張

鬆張

甩牌

執位

對家

抽水

大殺三方

（七）
文娛、康樂

映畫戲

解畫

換畫

上畫

落畫

走片

院商

院線

檔期

猛片

西片

港產片

豔情片

風月片

警匪片

三級片

粵語殘片

戲院

超等

堂座

前座、中座、後座

戲橋

劃位

早場

公餘場

午夜場

演藝界

五台山

樂季

康城影展

影帝、影后

天王巨星

開騷

科騷

走埠

棟篤笑

派台

jam 歌

rap 歌

唱 K

唱家班

唱作人

咪嘴

DJ

烽煙節目

封咪

劇集

煲劇

劇透

戲肉

開鏡

一 take 過

NG

蝦碌

爆肚

穿崩

娛記

茄喱啡

臨記

美指

龍虎武師

fans

大戲

戲棚

行頭

大龍鳳

落箱

棚尾拉箱

做台腳

爆棚

甩鬚

六國大封相

捉棋

督卒

卒仔

歸心馬

盟籠

剝光豬

冇棋

飛象過河

擺明車馬

事急馬行田

食咗人隻車

（八）賭博

賭仔

病態賭徒

爛賭

過大海

外圍馬

出千

老虎機

番攤

洗牌

開晒

十賭九輸

輸到貼地

輸少當贏

輸打贏要

買定離手

大晒

通殺

大小通殺
大殺三方
晒冷
食夾棍
有殺冇賠
曬蓆
啤牌
積
女
king
煙士
大鬼、細鬼
鋤大弟
pass
夫佬
啤啤夫
底牌
二仔底
六合彩
金多寶
攪珠
派彩

（九）體育運動

波
搓波
波餅

波鉢
球證
比數
波經
轉會
keep
逆境波
拉布
走籃
爆籃
入樽
單擋
針波
拆你屋
炒粉
單刀
頂頭鎚
衝門
腳法
插水
撻 Q

（十）
社會、政治

港
港督府
特首

財爺
官守議員
官津學校
官地
高院
大狀
法團
廉記
高薪養廉
三讀
拉布
抵壘政策
即捕即解
拉人封艇
三粒星
雙非
龍獅旗
跛腳鴨
法援
綜援
生果金
落區
擺街站
洗樓
掃街
蛇齋餅粽
鐵票
種票

撬票

箍票

搬龍門

落閘

抽水

起底

羅生門

擺上枱

擺軟

離地

洗腦

太平紳士

荷蘭水蓋

制服團體

鳩嗚

事頭婆

阿爺

省港旗兵

人蛇

船民

水客

維園阿伯

寶藥黨

搲頭黨

執達吏

社工

一樓鳳

同志

雙失

量地官

（十一）警隊

警員

軍裝警員

雜差

警司

督察 / 幫辦

沙展 / 三柴

員佐級

學警

差人

差佬 / 差婆

白鮓

老差骨

警花

有牌爛仔

反黑組

重案組

O 記

防暴隊

飛虎隊

水鬼隊

輔警

水警

警局

行咇

出更

陀鐵

放蛇

落案

落口供

留案底

抄牌

吹波波

告票

牛肉乾

鐵馬

水馬

水炮

襲警

阻差辦公

疑犯

派片

走鬼

吔檔

警權

差餉

（十二）
幫會用語

黑道

黑底

行蠱惑
十四仔
新義安
水房
堂口
坐館
香主
白紙扇
紅棍
四九仔
藍燈籠
揸數
睇場
轉會
講數
安家費
洗底
和頭酒
着草
劈友
晒馬
撐冧
隻揪
照
大圈

（十三）醫療

私家醫生
健康院
街症
急症
call 白車
入廠
深切治療
青山
老人院
醫生紙
姑娘
打包
損
拗柴
屈
甩骹
頭赤（刺）
頭暈身㷫
生飛蝨
攰𦟌筋
風報
扯蝦（瘕）
生癩
生蛇
生 cancer
小腸氣

痘皮
暗瘡
倒眼
智障
傷健人士
老人癡呆
發青光
發羊吊
發神經
發花癲
發風
發雞盲
發雞瘟
爆肺
爆血管
睇醫生
睇症
驗身
照肺
吊鹽水
洗肚
洗胃
探熱
通波仔
磁力共振
剝牙
斷尾
埋口

藥水膠布

藥丸

睇脈

藥材舖

執藥

煲藥

涼茶

涼茶舖

熱底

寒底

寒涼

心火盛

燥火

指壓

急驚

湯藥

湯水

生冷

（十四）
電腦網絡用語

巴打

滴汗

毒男

秒殺

洗版

神級

潮文

add

cap 圖

like

post

十卜

apps

click

芒

G（激）

down 機

手指

（十五）
俚俗用語

骨痹

起痰

躝嘢

唔順超

蚊都瞓

蛇都死

磅水

燉冬菇

釘蓋

較腳

撳鵪鶉

割禾青

企街

箍煲

買起

啪丸

收哆

收到

收皮

跳灰

擦

鋤

吹乒乓

搵老襯

搵米路

雜種仔

番書仔

姑爺仔

二五仔

裙腳仔

竹升仔

侍仔

車房仔

泥水佬

商家佬

虧佬

四眼佬

骨妹 / 骨女

點心妹

黃面婆

阿燦
波牛
波霸
北姑
傍友
伯父
大狀
大茄
得哥
鑼叔
豬頭炳
豬嘜
花王
福頭
咖啡妹
雞
雞蟲
金山阿伯
金手指
高大衰
港女
港孩
煙帽隊
羊牯
茄喱啡
爛茶渣
嚫
撈女
老記
老舉
老編
老嚮 / 老坑
文雀
咪家
木嘴
婆乸
婆乸[2]
沙灘老鼠
水鬼隊
金牛
大牛
紅底
青蟹
大餅
蚊雞 / 雞士
十字車 / 白車
黑箱車
叮叮
熱九
良民證
沙紙
大信封
糧
鞭
炮
老西
雞腸
丙
打飛機
撻朵
嚥完鬆
鎅女
去 P
潤
溝
乜春
問候
索
數
識 do
升呢
頹
頹飯
挑機
超
wet
屈機
屌（𨳒）
屌那媽
鳩（𨳊）
膠
撚（𨶙）
屄（閪）
柒（𨳍）

冚家鏟
仆街

（十六）
地域特色

雪
雪藏
雪糕
雪糕批
雪條
雪櫃
雪水
雪珠
雪種
走雪／走冰
冰格
冰室
水
制水
磅水
回水
度水
撲水
掠水
疊水
補水
水浸

水乾／水緊
大水喉
水位
食水深
縮水
沖涼
涼茶
涼水
的確涼
哴暑
拍拖
飲茶
遊船河
對面海

（十七）忌諱

吉
交吉
得個吉
膶
豬膶
膶腸
豆腐膶
脷
豬紅
勝瓜
通勝

飲勝
通菜
涼瓜
嗰頭近
歸西
過身
唔喺處
走咗
釘
壽板
壽衣

（十八）
文言化用語

到其時
之不過
卒之
介乎
於是乎
危危乎
施施然
假使間
猶自可
姑勿論
生人勿近
不值
不文

得着

指嚇

座駕

座騎

掌摑

作賽

非禮

交歡

冥鏹

揶揄

搭訕

口角

耆英 / 長者

輪候

咬弦

毅行

平沽

同袍

同儕

春茗

盛惠

涉嫌

涉案

承你貴言

表表者

不俗

不菲

得直

定必

豬隻

句鐘

闔府統請

瞽伯

薪俸

文雀

不文物

油器

名媛

喜酌

欠奉

梅花間竹

七窮六絕

投懷送抱

頭崩額裂

偷龍轉鳳

開心見誠

龍精虎猛

眠乾睡濕

當時得令

金睛火眼